Love between heaven and earth

大地的深情寫滿人間，
默言秋詩歌散文合集

默言秋－著

愛在天地間

那潛入肺臟裡的香
隨風瘋長，然後，凝成一枚種子的力量
在我體內肆意滋長，我疼痛地咬著唇，不發出一絲聲響

把疼痛分發給每一粒文字，然後
每一粒文字都生長出翅膀，我伏在它的背上飛翔

目錄

序

詩歌卷

目錄

目錄

序

「人閒桂花落，夜靜春山空。」小時候讀這首詩只覺得美，並不理解這首詩的好。後來方悟得「閒」時觀到飄落的桂花，「靜」中賞到空寂的春山，是何等的氣象。「閒」時之趣，「靜」中之妙，若得以覺察體悟，那便是生命中最大的奢華。

在時間和空間的數軸上，每個人行走在各自的座標點。跟隨四季，追著時光，撿拾那些從枝頭上散落下來的果實，蘸露水風霜，凝結成詩。那是我的另一方田園，是自己與自我心靈的對話，情智清明，安頓心靈。曾經生活過的遼闊天地，一棵樹，一條河，一尾魚，風拂過林木的聲響，所抵達的豐富給予我無可言說的歡喜。生命中那些純真之人給予的愛與善，日暖風恬，銘感於懷。

悠悠天宇曠，茫茫江水遠，看蒼山如海，經悲歡歲月。

序

不管是藝術、哲學還是宗教，其實都有同一個指向：修得一個高貴的靈魂，學會審美，心懷慈悲。語言裹著我的思想，在生命的長河中，打撈歲月的光輝。引用奧維德《變形記》中最後幾句：

吾詩已成
無論大神的震怒
還是刀劍、烈火或光陰
都不能把它化為無形！

辭拙言真，以此為序，願與大家共勉。

默言秋

2022年1月

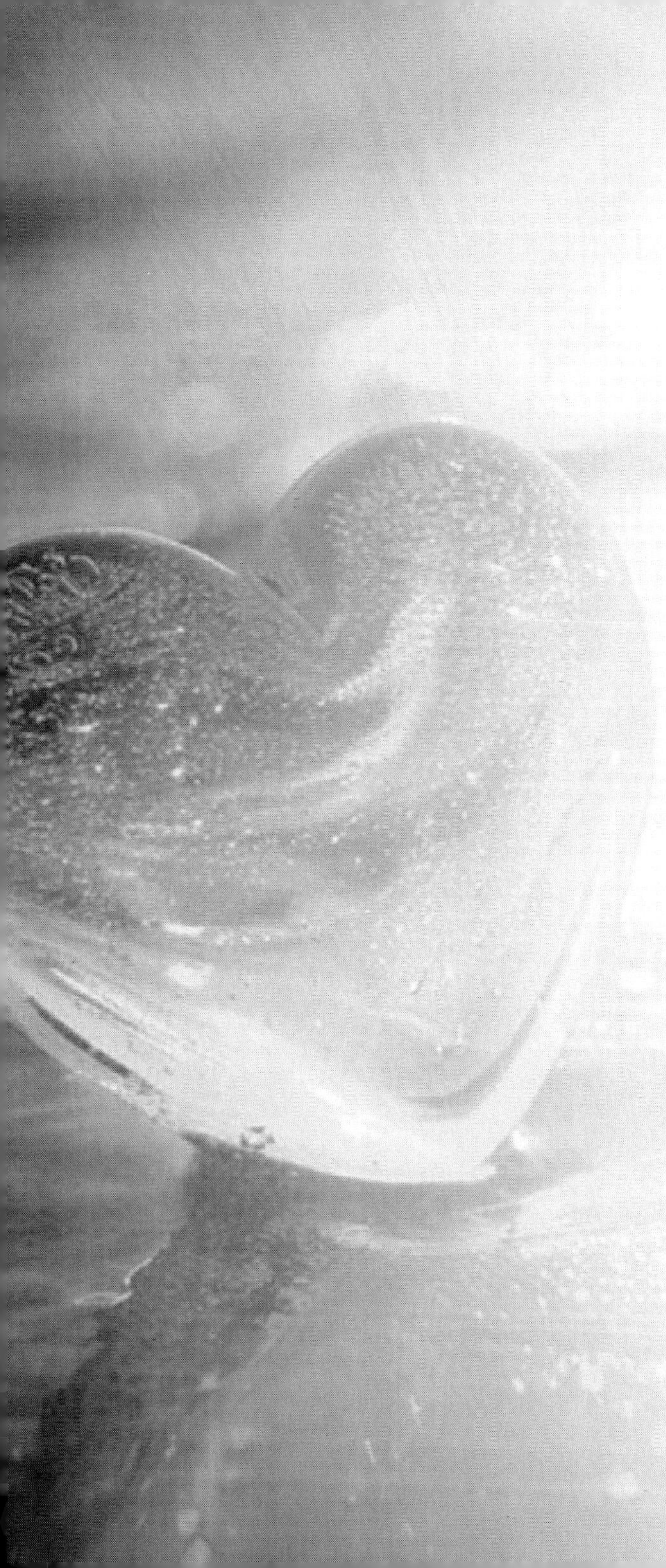

詩歌卷

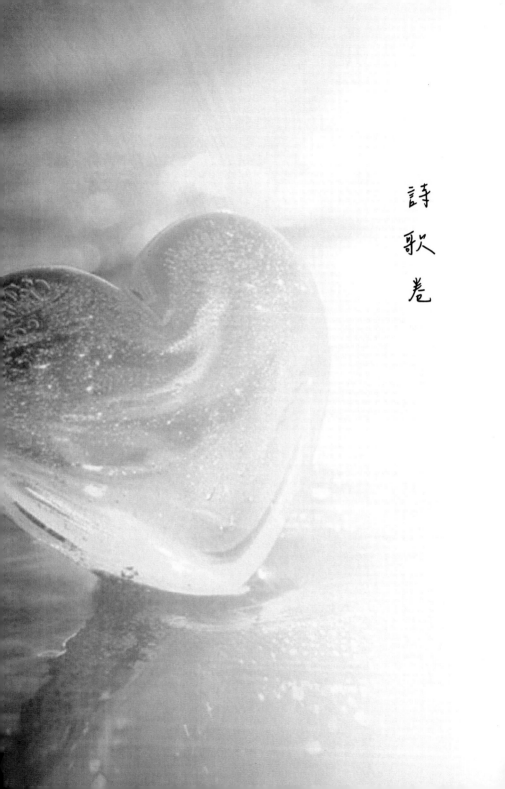

第一輯　昨夜閒潭夢落花

回不去的光陰

三月的梨花，還沒有開
住在城裡，泥土離母親太遙遠
母親不願坐在沙發上
拎一把木椅
坐在室內一株高高盆景下
那一個坐姿
我笑著說：媽媽，您就像坐在老家的梨樹下
母親的笑那樣甜
我的眼前就閃現出一幅風景畫
四月天，一園一園潔白的梨花
密密的枝，豔豔的陽
田間飄過淡淡、甜甜油菜花的香
彷彿一個遙遠的夢
母親話裡帶著留戀的傷

無法回頭的光陰
就這樣，在某一個境遇裡被懷想
母親說，她那裡還有幾顆去年的種子
春天來了，在這個城市裡
那幾顆種子再也無處栽放

泥土香

二月天
走在鋪滿硬硬柏油的路面
路旁一片青草地
帶我走回故鄉的泥土香
風，帶著陽光的溫暖
吹醒綠油油的麥田
吹醒泥土緊閉的眼
兩位老人是否並肩走在田園
手提竹籃
盛滿清香的薺菜
一群孩童是否奔跑在曠野
手牽長線
放飛快樂滿天
我無法走近泥土的香

撫一枝垂柳
端詳它不動聲色的容顏
猜想泥土下的根
在悄悄傳遞著怎樣的語言
我的思念隨季節
潛在泥土下
輪迴每一個歲歲年年

遠方的海

小時候在岸上
學會了行走
那時還不懂海的含義
母親牽著我的手
她的腳印就是我的行程
上學後在書本裡
讀到了海的美麗
母親用她全部的想像為我描繪
牽著我的手在田野上
指著遠方的海
後來告別了母親
海水常常打溼了我的衣襟
媽媽
如今我隻身在大海的懷裡

卻沒有了您描述的新奇
顛簸的航行裡
我用淚水凝成快樂
寄給遠遠的岸邊的母親

一顆麥芽糖

為什麼會這樣深深想起
在這瀰漫著霧的冬季
那裡，有存在記憶裡的麥芽糖
那裡，有疼愛我的人
那裡的風景早已不再是我生活過的天地
小時候愛吃甜
那種甜
就在悠悠時光裡沉澱成一種想念
一顆麥芽糖的甜
兩個疼愛我的人
此刻，就是我全部的故鄉

一路走，一路想

獨行

行走在你陪我走過的人海裡
一個身影像你
尋覓，是一個又一個的陌生人

路過

路過你等我的車站旁
透過窗，認出你曾經站立過的地方
三分鐘熱風吹過
空空

回想

搖搖晃晃的公車
一站一站停，一站一站開
看著車窗外的樹
一棵一棵向後飛
就像我想挽留的某些美麗的光陰

暖風吹

春天真的來了嗎
換去厚厚的外衣，走在陽光裡
暖暖的風，吹開我沉沉的心
那株水仙
開了落了
說春天來了

你是否還記得

你是否還記得
春天的小河旁
風兒鋪開的花朵
還有數不清的顫抖在草尖上的歌
你是否還記得
夏天的果園裡
我們網住的蟬
還有數不盡的青果在綠葉下的歡樂
你是否還記得
秋天的樹林裡
我們放飛的小鳥
還有層層疊疊的枯葉在風起處跳舞
你是否還記得
冬天的石橋上

我們滑過的雪
還有河床上硬硬的冰在太陽下刺眼的光
那些曾經的歲月
你是否還記得

沿著秋天的路

為什麼
秋天的風，在我的心頭注滿讚嘆與憂愁
為什麼
秋天的河，在我的心中流淌又凝固
生命在遙遠的夢裡閃耀著溫暖的回味
我告訴自己
你的離去像一次落葉飄零
卻再也回不到枝頭
我孤獨的眼眸在秋天的光芒裡
尋找著感動
葉賽寧的吟唱是那麼動人心扉
陽光的照射如劍之吻，痛卻甜美
我站立那一片載著成熟與凋零的秋色裡
問了又問

寂寞天堂裡，你的微笑給誰
曾經你牽著我的手，行走在晨與昏的樹林
那條由家門通往田野的路
浸透過你的汗滴
我常常安逸地伏在你的背上熟睡
村前的那座橋，馱著斑駁的歲月
家後的那條河，早已不再放歌
我在揮汗如雨的盛夏回來
卻只能沿著一條夢中的路
想你
和與你在一起的往昔

懷念你陽光一樣的模樣

如果所有的往昔都被忘卻
如果所有的記憶都被封鎖
我願意
這樣就不會再有一種悲痛
淹沒我
懷念卻不肯將我饒恕
我懷念你溫暖的手
為我縫製過的書包
為我梳紮好的髮辮
為我摺疊齊的被褥
為我穿戴好的衣服
我懷念你清純的眼睛
懷念你羞澀的面容
懷念你微蹙的額頭

你是那麼年輕
你走得那樣匆匆
你伸開的手臂還沒有來得及擁抱
你展開的翅膀還沒有來得及飛翔
你陽光碎片一樣的模樣
你月光柔水一樣的心腸
雲一樣地來
風一樣地散
只留給我你陽光一樣的模樣
讓我想了又想

秋末的涼

夏季，我回到老家
疾駛的車速，把我的思緒拉長
我所有的記憶
都纏繞上外公種下的藤
藤下的土地，就是我的家
那長長短短的夢
是外婆為我開開合合的門
那座院，那棟房
空了，荒了
滿院子停泊著秋末的涼
園中的那根藤枯了
院中各色的花謝了
一把鏽鎖，掩上一段我魂牽夢繞的歲月
外公外婆住進了養老院

他們說，那是鄉下人想去去不了的地方
窄窄長長的道，我去尋
一座寂寞的院牆裡，住著一群孤獨的老人
在擺著一張床、一張桌，一間十幾平方公尺的房間裡
我見到疼愛我的外公外婆了
我緊緊地抱抱外婆，我不能言語
我緊緊地抱抱外公，我無法言語
我轉身，狠狠流淚
我的淚，再也無法喚醒外公種植的那棵青藤
我的淚，再也無法澆開外婆喜歡的一園花朵
那一處曾經屬於我們的
充滿愛和春光的庭院呢
我親愛的外公外婆
我在這蒼白和蒼涼的地方見到您
揮手別離時
看到您像個孩子似的蹣跚的步履

看到您像個孩子似的委屈的淚水
我心碎
從此，我的心頭黏貼上離傷
一半是現實，一半是夢想
中間牽著揮之不去的一院秋末的涼

寫給歲月

母親，見到您
我便想起家鄉的田園
想起纏繞籬笆的梅豆莢
還有綴滿它枝頭的白色紫色的花
想起家鄉橋頭外彎彎曲曲的路
想起穿透白楊林道道直射的陽光
還有那片永遠棲息著夢想的梨園
我挽著您
散步在被淡淡的梨花香飲醉的月光下
這些歲月
隨著您的腳步
被城市硬硬的車輪碾碎在喧囂下
母親，為什麼我總愛回憶那些逝去的童話
然後一個人緊緊攥在孤獨的手掌心

母親，我不忍觸控您的白髮
只能握住您的手
說一些不讓您傷感的話
您是我的媽媽，我多想伏在您的懷裡
盡情哭一場
讓我在歲月的風塵裡
遇到的某些人某些事某些傷
在淚水裡融化
母親，我卻不能這樣地
在您的懷裡哭一場

故鄉的秋天

昨夜
三分鐘熱風不小心溜進門檻
吹疼了思念
隔窗
我看見一隻孤飛的雁
回首
細數著遺失的
小暑、大暑
眼睛停在了立秋
無聲無息的光陰
什麼時候將夏季偷去
丟下一個秋滿地悠閒地走
我怎會不知呢
今天已是處暑

過了今日
氣溫一天比一天涼
思念一天比一天濃
我憑藉記憶和想像走進田野
玉米的穗鬚改變顏色了吧
大豆的青綠透著晶沒了吧
梨子的香氣該瀰散在空中了吧
棉花
該採絮了吧
那白白的柔柔的暖暖的棉絮啊
如雲朵如月光
田野裡任何一種色彩
都讓我沉醉
一株玉米就是一種人生
那絲絲由翠綠變枯的鬚髮
飄垂風雨烈日中

在屬於自己的青衣黃穗間走完一生
叔叔從鄉下來
帶來滿滿一包毛豆
飽滿渾圓
展開這包毛豆
便展開了故鄉整個的秋天

麥香

世界越來越靜，我在一片安靜裡開啟故鄉
為何要在這個時間裡想念
然後，用接觸文字的方式，接近某一種思想
想起陽光下那濃郁的青草，混合麥田的香
眼前便閃爍六月麥芒那金燦燦的光
麥香，撩起我疼痛的張望，在這個城市裡
我只能依靠想像，繪製田野流暢的線條
和父親流汗的臉龐
那潛入肺臟裡的香
隨風瘋長，然後，凝成一枚種子的力量
在我體內肆意滋長，我疼痛地咬著唇，不發出一絲聲響
把疼痛分發給每一粒文字，然後
每一粒文字都生長出翅膀，我伏在它的背上飛翔
在越來越安靜的世界裡，麥香撩撥著我的心房

媽媽的衣袖

媽媽揚起的手臂
還在風中揮動
濃濃晨霧
打溼了您的雙眼
離家的孩子已走遠
媽媽啊，請收攏起您的衣袖
輕輕轉身腳步別太重
今晨又起霧
您揮動的衣袖在霧裡
朦朧成一片紫色的夢
牽引我來到您耕耘過的地方
麥苗青稞瓜果秧苗
蘸著陽光一一吐穗綻放
散發著芬芳

媽媽啊，今晨又起霧
您向我揚起的手臂上
是被四季風吹過的輕衣袖

北來的風

風不會說謊
順著我的髮梢可以找到它來的方向
夾著刺骨的寒拍打在我的身上
北來的風
來自故鄉
瑩亮亮的冰凌今冬第一次亮相
兒時竟那樣傻
折一根冰凌在嘴裡嚼得嘎嘣響
脆脆的冬天就在我的笑聲中走散
站在交流道上
北來的風
吹痛長長的思念
冰凌變了
冬天變了

我變了
只有北來的風
依舊清晰四季的方向

第二輯　愛與孤獨

十月之韻

風

天空，開始變得清澈安靜
和水面，安詳凝視
傳送著眼眸
涼涼的風
因為十月的靜謐
學會了含羞
十月的風
收起了春天的張揚
夏日的狂躁
冬季的肆虐
變得
像天空一樣地潔淨

雨

十月的雨
蜷縮起手腳
學著
像花瓣一樣輕輕地飄
街燈下
沒有了任何聲響
只有十月的雨
才會如此地安靜
悠長

柳

這個季節
水岸邊依然蔥翠的楊柳
低垂的枝葉

菊

夜夜知為誰愁
也許，你所有的煎熬與忍耐
都只為等待
這安安靜靜的秋
將潛在骨子裡的那一點涼
向十月傾訴

我喜歡坐在高高的山頭
想像一棵菊的笑容
十月的金盞啊
你是否已從南山的田園
隱逸到我添香的紅袖
讓我的每一粒文字
都保留著你吻時的溫度

荷

那一塘殘荷
痛徹心腑的美
是誰
把十月的韻腳
撐在長長的竹篙
蓮蓬無意間
抖落成詩行
被幾隻掠塘的雁
蘸西下的斜陽
譜寫成
斷章

蒲公英

忽然很想念蒲公英
我知道此刻的想念有些荒唐
我在肅殺的嚴冬裡
它開在春天的山坡上
記憶裡搖曳著它無憂的思想
隨風飛翔沒什麼不好
它的存在
至少留給孩童一片遐想
想念一片羽毛的輕
想念一朵蒲公英的好
想念春天的田野上
長滿快樂的每一根草
一朵蒲公英帶著我
自由自在地跑

江水悠悠

是誰乘一葉輕舟
划過李清照的溪亭
那個興盡晚回家的夜晚
和蓮花一醉方休
是誰點一盞燈火
照亮驛外斷橋邊的風景
那個更著風和雨的黃昏
獨嘆一樹零落的花朵
隔著光陰
彼岸的樹
用一種姿勢盛開為永恆
靜立在不眠的文字裡
遠處的那一片蒹葭
蔥綠成一方不朽的樹木

隨一個追尋的身影
綻放成筆下絕美的詩篇
聽
誰在月明的夜晚彈一曲天籟的古箏
隨江水悠悠

誰懂青藤

昨天，在山上
看到滿山光禿禿的樹木
在寒空下伸展著錚錚鐵骨
仰望
希望能聽懂一句它們神奇的語言
沒有風
霧靄漸漸籠上山峰
落葉堆滿樹林
腳下的路在林間沒有盡頭
愛人牽著我的手
往山上走
離路邊最近的是幾棵乾枯的藤
我停下來
用力搖晃它的身軀

竟如此有韌性
力量透過我的手
一直傳到藤的頂部
那裡已分不清
哪是樹的枝哪是藤的手
彼此已密密地緊緊地相握相守
都說藤依附著樹
而此刻，分明是樹依戀著藤
用一種人間沒有的深情
凡塵裡的目光
怎能理解那份靈魂的託付
寂寂山林
一棵樹懂得一根藤的沉默
一根藤懂得一棵樹的心靈

愛，一起走過

想起那一年，梧桐花綻滿枝頭
你年輕地笑，挽著我的手
走進愛情
不要問我，為何選擇你相愛一生
因為仙人掌站立在乾枯的沙漠
因為蓮花綻放在六月的天空下
因為堅果的硬殼裡懷著一顆柔軟心
我用這些不是理由的理由
為愛你找一個藉口
我深深地愛著你
冬去春又回
我看到一樹盛開的梧桐花
搖在四月的天空下
很久很久沒有看到梧桐花了

就像很久很久沒有看到你我的愛情
那年今日
你用一樹梧桐花的情義
微笑著挽我的手
走近一棵樹
一起看一樹盛開在四月的淺紫色的夢
這是屬於你和我的
梧桐花的愛情

夜深，回家

其實夜來臨不久
深度還不足夠讓我感覺到
悽清
街燈拉著我的影子
有些長
路不遠
腳很輕
有家，真好
夜色再濃
心中有盞閃爍的燈
每當這個時候
燈光將我的快樂分成兩半
一半隨那盞燈的光輝在前
一半隨兩行燈的光輝在後

蹦蹦跳跳
貼著我的腳步

孤獨

屬於我一個人的孤獨
又一次侵入肺腑
冷與暖的交織
從雙手延伸到內心深處
我疼愛的孩子
我親密的愛人
他們不知道
我內心的感受
那是只屬於我一個人的孤獨
隔著玻璃的明晃晃的陽光
彷彿是陰霾中海的細浪
在我的淚水裡肆意歡暢
世界喧囂
我坐在安靜處

想在你小小的心懷裡沉醉

你用清澈閃爍如星子的眼睛
機靈地望著我
你用你柔軟的小手
在我臉上撫摸
寶貝，你不懂什麼是憂愁
暫把我所有的煩與憂
寄藏在你小小的胸口
寶貝
你用那無邪的眼睛看著我
為何，我不能像你一樣
難受時就放聲大哭
我低首輕輕抵住你軟軟的額
寶貝，你天真的笑帶給我誰也無法給予的輕鬆
你如此嬌小可愛

我抱你在懷裡引逗
你天使般的笑容
讓我的心忽然如青蓮一般綻開
寶貝
那一刻我感慨萬千
因為我對你的愛
你為我創造了只有我一個人能體會的心境
寶貝
你在我的懷裡
整個世界都溫暖
我想抱你久一點再久一點
別責怪我對一個嬰兒的貪婪
寶貝，借你一雙無憂的眼
滌蕩我久行在塵世裡的荒穢
讓負重的心在你的純真裡休眠
我可愛的寶貝

你在我的懷裡
我如此強烈地想在你小小的心懷裡沉醉

三月河

秋葉飄零
和你一起走過
白雪皚皚
和你一起賞過
春燕歸來
和你一起看過
凋謝的已經走遠
該來的如約到來
這個遲來的春天
終將溫暖鋪滿人間
當再一次經過這些記憶的畫卷
一切
都像你深情的眼
當燕子飛過三月河

我和你
行走在春天的田野

你的顏色

你是一抹藍
一抹從天際飄來的藍
我熟悉的每一片景緻裡
都生長出你的顏色
就像我深愛的夢幻中的藍
就像我眷念的心靈裡
永遠盛開的一束紫丁香
世界很靜，風很輕
你像這個世界一樣安靜地
聽我傾訴

一個蔥郁的世界

寒冷，生出了冰凌
也凍結了思緒
那裏藏著記憶和憧憬的詩句
蟄居在殘傷的蘆葦叢裡
被一隻覓食的水鳥
從水面拎起
閃翼飛去
一個孤獨的老人
對著河邊的一叢翠竹
輕吹短笛，即使傳到隔岸
誰又懂得他的笛音
忽然感嘆這智慧的長者
也許這湖這竹這石這樹
都是為他守候的知音

午後陽光，搖搖晃晃
一片片光亮閃進眼眸
路旁，那些新植的樹木
生長出甜蜜
空氣中開始流動乳香般的汁液
一個蔥郁的世界
跌跌撞撞，綻放在我站立的路口

因為你

因為你
我愛上這冬日的黃昏
在喧囂的城市
擁有一片寧靜的天地
湖邊那一棵奇異的樹木
帶給我無邊的驚喜
彷彿兒時坐在枝頭搖碎陽光灑落一地
酸酸甜甜幾粒楊梅
含在嘴裡嚼出幸福無比
雖然不說話
看著你都如星星一般美

請把你的手給我

請把你的手給我
讓你我用同一種溫度
走過窄窄的橋
走過彎彎的路
請把你的手給我
讓你我用同一種感動
走過陰陰的天
走過濃濃的霧
請把你的手給我
讓你我用同一種節奏
走過夏季的雨
走過冬季的風

第三輯　千江有水千江月

一顆微笑的心

清晨出門
踩著薄薄的雪
去菜市
綠芹紫茄白菇青椒番茄黑木耳
蔬菜的顏色是如此豐富多彩
讓那些高昂的精神和詩意的語言
今天蹲下來
和蔬菜糧食做一次親暱交談
流連在無聲無息五顏六色的蔬菜裡
發現每一棵蔬菜都有一顆活著的心
每一棵菜
都有一個培育它的人
一個收穫它的人
一個出售它的人

一個挑挑揀揀它的人
每一個人都有一顆不同的心
此刻，藉助這豐富的顏色
想像它們在田園裡秧苗時的模樣
想像它們在天地間瘋長時的肆意
想像人們手提竹籃
摘下滿園紅橙青藍紫時的歡欣
抬眼處，遇到那個東籬採菊人
筆端會流瀉出
一籃蔬菜香
還是一束菊花的美
我問一棵菜
蔬菜微笑著說，全憑自己的一顆心

奇石

有一個地方叫靈璧
那裡的奇石人間一絕
大自然將粗劣的石塊精雕細琢
歷經地下無數個轟轟烈烈
又悄無聲息的磨礪
將神奇呈現給人類
我眼前是一隻神情威嚴的鷹
堅硬鋒利的嘴，不容侵犯的表情
用竹筷輕輕敲擊它的脊背
石鷹流瀉出圓潤的和音
用手輕輕撫摸它光澤均勻、卓立清瘦的身軀
我的心
開始像鷹一樣地飛
一塊石，站立成一尊雕像

無語千年
讓人類敬仰
在生命的密碼裡
俠骨柔腸
看流水光陰

借一片夜的清涼

如同一隻快樂的鳥兒
我在樹林間淺翔
那初來的春風在月光中採集詩行
那一個地方
喚醒我曾經的美好
那裡，蕩漾著花的芬芳
沒有放不開喉的歌唱
那裡，停止了一切的勞累與憂傷
敞開了被世俗束縛的所有的思想
那裡，心靈可以像冬日裡一棵安靜的銀杏樹
雖凋零卻坦蕩
身邊的這片湖
成為我夢中的海洋
今晚，借一片夜的清涼

就像小時候守在家鄉的田野上
望一輪高潔而孤獨的月亮

等你

1

為什麼
你還在陽光下沉默
任繽紛的花朵占盡春風
你每一個待放的葉芽
像貪睡的孩子
繾綣在溫暖的懷抱
貪戀被呵護的好

2

只有我知道
你秋天裡最後的飄落

是為了誰
那個愛你的人
一次又一次在你的身邊
徘徊
或許是彼此的心儀
你枝頭最後一片葉
曾久久
久久地不捨離去

3

春天來了
各種花與葉次第萌芽與綻開
只有你
保持沉默
只有我知道

你的沉默裡
孕育著什麼

4

那些儘早開放的花
儘早凋零
那些急匆匆抽出的芽
禁不起一點點早來的寒風
只有你在陽光下沉默
又有誰聽得到
你沉默中生命的吶喊和洶湧

5

當人們開始淡忘春天帶來的喜悅

6

你悄悄開始生命的萌發
掙破緊緊包裹著葉的繭
用淺淺的，嫩嫩的，醉人的綠
凝成一片片神奇的小扇子
讓生命的瓊漿
在春天深處肆意揮灑
誰會在那一刻裡仰望你
超越春天帶來的驚喜

銀杏
我用一顆柔軟心
等待你枝頭綻放的神話

秋日心語

風中
街燈下的樹葉擺動著秋季
夜幕下的水面
吹來涼涼的風，仰望天際
我的靈魂出竅
在無邊無際的夜裡狂奔
不敢靠近，所有關於你的風景地
卻無法迴避，你曾經走過的林蔭
秋天的葉，就要飄落
卻害怕每一片葉上
都寫滿兩個字
死別
夜空飄來絲絲的雨
我不知道行走在了哪裡

太熟悉的路程，不需要我去動用思維
彷彿是在一個夢裡
夜開始靜謐
那流光溢彩的霓虹
閃爍浮華的美
一盞孤獨的燈
陪我街頭沉醉

有你的方向

濃蔭的夏季，我荒蕪的心長不出一點甜
站在陽光下，抬眼細數銀杏葉間的青果
是光線刺痛了眼睛，還是青果刺痛了心靈
剎那間，我熱淚盈眶
低首，不知道一個人竟可以
如此疼惜地愛著一棵樹
那些生出褶皺的記憶
點點滴滴，如絲綢般展開
無邊的草木，無邊的綠
隨風，漾在我無邊的心海
我是一個迷途的孩子
在有你的方向，看到了家園
你微笑裡帶著傷，給我你全部的暖
讓我停泊在
你綠意四合的掌心間

一樹白梅盛開

我從冬天裡來
帶著雪一樣的寒
冷冷清輝
冰一樣的容顏
我開在零度的天空下
沒有鶯歌啼囀
沒有鳥雀盤旋
我揣著滿懷寂寞
開在白居易的小池旁
開在張謂的村路溪橋處
開在陸游的驛外斷橋邊
開在王安石的牆角下
我不喜歡張揚
只想讓生命安靜地燃燒

人們總是不肯捨棄
紛沓而來
頌詩一首一首
我躲不過讚美
也逃不過批判
正如我錚錚風骨寄託給柔情的花開
當一樹白梅盛開
開在殘雪胸懷
我渴望純粹
渴望溫暖
渴望欣賞的目光裡流露出真實的情懷
能如我一樣真實的
留一樹白給了詩人
留一縷香給了春天

一個月亮在天上，一個名字在水中央

今夜沒有風
今夜，我的心沒有傷
只有一聲輕婉的唱
一個月亮在天上
一個名字在水中央
這輪殘缺了無數次的月兒呀
今夜，又彎彎地掛在天上
一個月亮在天上
儘管我對你的思念如月影般清瘦
儘管我把你的名字甩在江裡面
這個我曾忘卻了無數次的名字
今夜，又清晰地刻在了江上
一個名字在水中央
我知道

月兒會漸漸變圓
我知道
名字會漸漸豐滿
一切，已無法阻攔
一個月亮在天上
一個名字在水中央

第四輯　一笑一塵緣

一點，就好

時針指向夜十點
我恍惚坐在晨光裡
顛倒了時間
讀書
可以讓人遺忘許多
我在看一本書
書名叫《一點，就好》
此刻，一點，就好
一點，一沙一葉一花
一粒沙可以延伸無垠的空間
一片葉可以預知秋天的來臨
一朵花可以裝點無邊的春色
一點，蘊藏了無限的氣象
在這顛倒的時間裡
一本書成為我全部的世界

燃燒的快樂

一根小小的火柴
擦亮
點燃一根蠟燭或一支菸
相隔久遠
點燃農婦手中的麥稈
升起村莊的第一縷炊煙
一根火柴
點燃記憶
點燃我所有的詩篇
然後靜靜守望
燃燒的快樂
煙火在我的眼前
一點一點燦爛
夢想在煙火中央

一點一點清晰
又一點一點消散
沉默的山川和無言的歌
告訴我
那不是毀滅

從一首詩開始

從來沒有像今天這樣
坐在陽光下寫詩
文字如一個個調皮的孩子
快樂地跳躍著
在方格上排好隊
一個人的時候
留下我和我的思緒滿屋子地飄飛
每個角落瀰漫著筆端流瀉的氣息
時間是轉動的
時間是靜止的
憧憬與痛苦依然繼續
明天
就讓它從一首詩開始

黑白韻——一幀梅花十字繡

如皖南的建築
於煙霧飄渺處盈盈
那不是方文山從墨色深處被隱去的〈青花瓷〉
也不是玉鐲兒衣袂飄飄的〈白狐〉曲
你從詩詞的韻腳處走來
你從夜色的暗香處走來
單調的黑，單調的白
一片雪花飄下來，逗你羞澀的辮
誰的繡針裡，穿引出你輕婉的嘆
纖纖手，揚起的腕
將未綻放的美，押韻在黑白線
你的心情繡在梅花間

我會想起你

燕子，電話裡我聽到你輕柔的聲音
依然是不緊不慢的語速
偶爾的笑
帶我走回一個場景，一個畫面
和一種生活的回憶
你和我曾經沒有距離地親近
聊文字、心情、隨性的生活和你玻璃缸裡的小金魚
記得你說餵魚一次不要超過四粒食
換水要在陽光下晒三日
那時的天，還有透過窗的一縷陽
和你精緻的微笑
一種存入記憶裡生活的味道
你給我說起偶玩的遊戲，和你那個不曾謀面的新郎
你兩人在一片虛擬裡經營的天地，你淺淺而舒心地笑

你信賴的目光看著我
我用你看我的目光看著你
告訴你說，我在紅袖添香裡認識一位東籬採菊女
就像身邊的你一樣美
你和我都是憑直覺活著的人
城市隔開了我和你
燕子，安靜的時候我會想起你
餵小金魚的時候我會想起你
陽光透過窗的時候我會想起你
走進文字的時候我會想起你
濃濃的情淡淡的思
時間空間距離
電話裡我又聽到你輕柔的聲音

荷塘秋色——贈八友

歷經一夏的繁華
你靜靜生長，又悄悄凋零
在一片淺淺秋光裡
還好，遇見你晚開的花
搖曳在鋪天蓮葉間
風荷的模樣應似你此刻
若隱若現的逸
那石徑邊的竹林
撐一地清涼
我們來了，乘醉了的秋風
雖匆匆，卻歡喜
在攝鎮的荷塘秋色裡
秋光啊！請慢些老去
渴望八友再相聚

同行秋色
賞塘下清荷

致敬時光

那緩緩流淌的時光
是秋的微涼
是夏日花草樹木的香
我用一片雪花的輕
支撐起冬天的模樣
那些一起讀過的書，一起看過的風景
遊走在歲月的長河
也留在忽明忽暗的記憶長廊
捧《朝花夕拾》溫一壺瓊漿
東籬採菊煎一杯清茗
《儒林外史》品百態人生
攜汪曾祺《人間草木》
走進他水一樣的鄉音鄉情
艾青用淚水打溼過的土地

滋養著《狼圖騰》的意志
也孕育出《紅巖》不朽的精魂
小王子只鍾情於他的玫瑰
簡・愛只忠誠於她的內心
那個追風箏的人
為你千千萬萬遍
只為救贖從前的自己
祥子的倔強終究拗不過殘酷的現實
曉霞在平凡的世界裡活出生命的本色
西遊記裡說神奇
水泊梁山書道義
紅樓一夢訴離曲
這些，我們一起閱讀的書籍
時光都記得
你徒步丈量大蜀山的勇氣
你看過紫蓬山的林木與飛鳥

池塘裡搖曳的小青魚
你賞過柘皋鎮的田野與炊煙
河灘邊站立的一叢蘆葦
這些，時光都記得
教室裡
你誦過的詩讀過的文
你辯論過的話討論過的題
實驗室裡你的不捨不棄
綠茵場上你的揮汗如雨
這些，也許你會遺忘
但時光都記得
鮮衣怒馬待你揚鞭天涯
美妙又無情的歲月
留給我靜靜守候
用我滄桑的容顏和霜染的發
借一縷星光晨輝

致敬時光

臨行
聽，小王子說
眼睛看不見的，要用心靈去尋找
我願你永遠擁有一顆純真澄澈的心
即使被人叫做傻子
也願意默默做一個英雄

第五輯　深冬日亦長

那一季慢時光

1

昨天，在山上
我看見樹枝被風揭去了衣裳
卻看不見它一絲悲傷
光禿禿的枝丫向天空講述一個生命的童話

2

一直，我懷著夢想
行走在路上
雪花紛紛揚揚
配合著我的思想
「尋夢？撐一支長篙」

冷冷冰凌
詩人的長篙派不上用場

3

一地蒼涼的月光
揮灑思鄉的華章
酒杯裡斟滿故鄉
時空，被情感擊傷
一一退讓
此刻邀來明月
共享一壺酒的幽香

4

讓遊子走進我的冬日吧
來賞一賞雪花

5

零亂，借一縷燈光打理詩行
燈光裡閃爍一連串無關聯的詞話
深冬日亦長
繼續流浪吧
找一處可以安置心靈的家

6

如果冬天說
春天在它的心中
你會相信嗎

7

當薄脆的杯兒承載著燭光的稱讚
當渴望的眼睛尋覓青色的帷幔
當聖潔的花兒接受春天的讚嘆
我的生命站立在季節的邊緣
眼睛在某個寂靜的夜裡
從冬眠中醒來

8

天依然黑
借一瓣寒梅的瑩光
窺見冬日殘妝
雪花一片一片融化
冰凌一塊一塊碎開

9

敲敲打打的雨點
像個歡快的孩子
搖一串銀鈴傳響在天街
風隨手扯來一件雲裳
又撕成碎片丟在山崖

10

埋下的種子還蟄居在冬懷
遲遲不肯將呼吸暢快於地面
我佇立窗前
用醒來的眼睛張望著世界
那些被冬漂白了的記憶
慢慢隨張望塗抹上了色彩

11

我在這裡駐足
並非流連春日的來臨
只是尋找那顆破土的種子
是否攜帶著對冬的敬意
讓萌芽的新生和冰碎的結束
吟唱的聲音一樣美

12

從寒流裡走來的花
將冬天濃縮在笑容裡
即使是兩片鵝黃
也搖曳著曾經擁有的感激

13

這個冬季沒有雪
記憶布滿揚塵

14

泥土帶著它的清香飄來
將四季的夢撒滿我的窗
遠離喧囂的夜
借一片月光把夢種在詩行
我的虔誠是它們的肥料
心靈是滋養它們的暖房

15

我曾經高揚著思想在信仰裡奔跑
拄夸父的手杖追逐一輪太陽
年少輕狂
當歲月漸漸沉澱
沉澱成一聲輕嘆
我從冬季裡出發又被遣回到出發的冬季

16

打撈起流逝的光陰
彷彿打撈起一籃江水
撩撥我的憂傷

17

那枚紅蘋果從遙遠的記憶中走來
那棵生長在胸懷裡的樹瞬間花開
即使沉睡千年
泥土的愛依然新鮮

18

這個冬季沒有雪
土地依然沉默
母親
我又能給你些什麼

19

我懷念起家鄉的老槐樹
我懷念起家鄉的梨花白
我懷念起家鄉的彎彎路
我懷念起家鄉的拱橋磚
疲倦的夕陽
我常坐的小河邊
牧歌一樣遙遠

20

時光拽著我
在四季奔跑
似乎沒有終點

21

天空不留痕跡
大雁已飛過
它至少銜來一個哲理
交給人類去思索
我是一隻折翅的飛鳥
在叢林更深處棲落

22

傻傻地把熱情交於一片雪
我的愛卻讓它融為半滴水
眼睜睜看著它
伏在我的掌紋裡絕望
我的淚冰涼

23

當花影搖碎一地月光
我渾渾醒來
分不清我來到了春天
還是春天把我留在了它的夢裡邊

24

寒風擰疼我的肩
貼著耳際嘲笑我
現實總比夢想殘
無論我願不願意
我現在真真實實地行走在
歲末某個冬日的夜

25

冬日漫長
長到讓一個老人在冬的半季走完一生
冬日短暫
短到只有一朵花蕾綻開的瞬間

26

關上窗
嘀嗒的時間像螞蟻叮痛內心
我找不到任何讓自己心安理得的慰藉

27

週末的街市

28

人行道上熙熙攘攘的人群
他們在擁擠什麼
那份繁華
抵不過案頭那株沉默的水仙
帶給我的安然

還有誰能憑藉浪漫
抵達手可摘星辰的高遠

29

天空沒有飛鳥
我只能依靠想像飛翔
窗外沒有陽光

30

我只能借助呵出的白氣
溫暖麻木的十指

那位在冬日裡逝去的隔壁老人
不知有沒有留下遺憾
生命
終究沒有抵抗過嚴寒

31

在自然面前
人類的想像紛紛敗退
昨夜漸漸起霧
它用漫漫白紗

模糊了所有出行人的眼

32

淒厲的北風吹過城市
灰色牆壁上長不出溫暖的故事
那些靠苦力營生的鄉下人
今夜將落腳何處

33

我亮著的燈
今夜又於何時熄

34

星星慢慢睜開眼睛
我用詩心拈一句問候
願你的夢鄉今夜和我一樣無憂

35

天空所有的希求
且交於我一一保留
風也靜
浪也平
只留滿天星斗的清輝映著寒冬

36

當我用一寸光陰的手
推開春的門扉
願片片寸金的陽光
流瀉彼此心頭

第六輯　借一寸光陰

活在自己的心裡

季節催著候鳥遷徙
仰望天宇
它再也無法對我神氣
風說活在自己的心裡
而不是別人的眼裡
拈來此句當作慰藉
行走在塵世

我若是風

我若是風
一陣來去自由的風
春天到來的時候
吹拂那被禁錮一冬的樹
喚醒沉寂荒涼的枝頭
在某一個早晨或黃昏
抽出星星點點鵝黃色的祝福
讓每一雙眼睛
都重獲新生
我若是風
撫過天空
牽一朵雲陪我散步
越過山頭
裁幾片薄薄的霧

做一件美麗的衣裳
再去問候我熟悉或陌生的河流

我若是風
用溫暖的掌心撫摸大地
讓小草在我懷裡無憂地睜開眼睛
和花蕾一道嗅著陽光
再幫天空拂去塵埃
讓城市裡的孩子
可以像站在鄉村的田野上一樣
仰望滿天繁星

我若是風
一陣來去自由的風
不狂妄，也不怒吼
像母親夏日裡坐在田頭的樹蔭下
迎面吹來的那陣涼爽的風一樣
像愛人傍晚散步在湖邊

水面吹來的那陣愜意的風一樣
像孩子起跑時
轉動手裡的紙風車的風一樣
我微笑著
從他們身旁經過
他們不知此時的我
洋溢著無可言說的快樂

遇見

1

午夜的鐘聲響起
我看見雪花是怎樣的瀟灑

2

一棵靜靜生長的樹
曠野上
敞開一顆心向著潔淨的天空

3

我叫不出你的名字

這立在天地間一朵如白蓮的花
小到讓人心顫
我側耳
分明聽到花開的天籟

4

一隻孤獨的鷹飛過蒼穹
一群快樂的魚遊過池塘
坐在寂靜時光裡
一個人
品嘗豐富的荒涼

5

無情的歲月

6

斬斷曾經的美好和眷戀
無語的時間
蛻去疼痛在心上結成的繭
就像一場刻骨銘心的愛戀
也會隨時光走遠

今晚
花兒躲在葉的懷裡
樹兒躲在夜的懷裡
與星星聊天

喜歡

這個時間寫秋
不合時宜
我周圍是肅殺的嚴冬
有什麼關係呢
我喜歡
我愛那西風凋碧樹的蒼涼
我愛那枯草彌天際的氣息
我愛那滿園瓜果香的笑臉
黃昏時
一片葉飄落我身邊的情意
一片葉
是我的一片思戀
一棵樹
是我的一種情懷

秋的一點一點
浸染在我揮之不去的心田
冬天來了，別怪我
不去暢想春天

如果我離去

如果我離去
便化作種子
在三月的第一朵花蕊上
以植物的名義
吐露芬芳
或化作雨水
將人間的汙濁悄悄滌蕩
以泥土的名義
呵護生長
或化作一束光芒
讓迷途的小鹿
找到黃昏時回家的方向
以愛的名義
溫暖善良

誰不曾渴望潔淨的天地
哪怕生命是
一縷清風
一聲真實的嘆

陪一彎瘦月亮

曾經有大把的時光可以閒暇
流連在樹林
奔跑在原野
牽著風箏
蝴蝶的綵衣，藏著無法言說的祕密
一個走遠的年代
再也觸控不到的氣息
時針彷彿長出了翅膀
馱著我的惆悵
陪一彎瘦月亮
飛萬水千山

除夕夜

除夕夜
獨自走在時光交替的邊緣
彷彿徘徊在時空的門前
我是那麼期待又那麼膽怯
那個撞鐘聲
讓又一個新年鋪天蓋地捲來
人群聚集歡呼著期待
我孤獨地站在原地
看他們揮動的雙臂
在煙花中
過濾往事的塵煙
向逝去的 365 天
致最後的回眸
過去的日子啊再也尋不見

在歡呼的人群裡
在新年到來的最後一刻裡
聽耳邊鋪天蓋地而來的春天的聲音

這一天

我把這一天摺疊
摺疊成一條線
一頭連過去，一頭牽未來
我行走在這條線的中間
我把這一天摺疊
摺疊成一個圓
圓內是快樂，圓外是悲傷
我行走在這個圓的邊緣
我把這一天摺疊
摺疊成一首詞
上闋是風景，下闋是心情
我行走在這首詞的轉合處
我把這一天摺疊
摺疊成兩重天

一重是寒冷，一重是溫暖
我行走在兩重天的相接處
一天恍如一生
一半活在迷茫，一半活在清醒
一半用來忘卻，一半用來憧憬

一切的美麗在土地下生長

隆冬
一切的汙濁在雪原上死亡
一切的美麗在土地下生長
我聽到植物的根在土壤裡歡快地歌唱
讓行人去傾聽冰雪消融的流水吧
我傾聽腳下的土地
院牆上的那棵枯藤抖落殘衣
在泥土的滋養裡泛綠
一點一點
一片一片
也許再沉默一個夜的黑
回首身後
已蒼翠欲滴

第七輯　語默動靜體自然

行走在秋季

1

行走在秋季。
秋天又來時，秋的脈動，依然緊緊貼在我的胸襟。
隨落花，隨衰草，隨所有飄零，融進泥土。
也許，會在一個豔陽天，隨稻穀，隨豆莢，躺在打穀場。在農夫手臂的起落間，體會生命走到盡頭後，那份無法言喻的雀躍、沉默、悲傷與歡喜。

2

今夜，有月。這淡淡的月，開啟了多少人的思，在夜空下飄？
此刻，在片片顫動的紅葉下，月光蒼涼，拂照我斑駁的心。
已是秋季，秋啊！為何你又要悄悄撩開我的憂傷？
借一片羽翼的輕，捎走我沉重的嘆息。

今夜，卻不知你的心，浸在酒裡，還是淚水裡。

3

我來紫蓬山中散步。
漫山的葉，綠的、紅的、黃的，新生的、乾枯的，沒有層次、沒有秩序地鋪進眼底。一場雨，把我從淺秋，一下拉到秋的深深處，山風，好涼。
我緊緊牽著愛人的手，握住一份人生最可信賴的暖。
忽然，三五人駐足，許多人駐足。在遠處的山頭，無數隻鳥兒，編排成舞者，在太陽下閃著耀眼的銀白色的光輝，飛舞！飛舞！那場景，壯美到無可言語。
這森林的精靈，在密密叢林處，在靜靜深山處，盡享，屬於自己的自由飛翔的生命。

4

行走在自然裡，讓心靈傾聽大地。
遠望，目光所及處，是天際與山巒的親密。

我在哪裡？我是誰？我是那滿天的雲，或者，是那一線長長的山脊？或者，那滿天的雲，那一線長長的山脊，就是我的化身？

此刻，我站立在天之下、地之上的一片高高的樹林裡。我站立在一棵五百年壽命的銀杏樹下，它蒼老挺拔，在我景仰的目光裡，用沉默，安撫我的驚異。

如果能夠，就讓我化作它身旁的那株香樟木吧，日日夜夜，做無言的伴侶。

5

行走在秋季，凡塵裡的累，無法抹去。

直到，走進這蒼蒼茫茫的山林，看到這清澈的溪水。

「好鳥相鳴，嚶嚶成韻……橫柯上蔽，在晝猶昏。」文字以裡的與文字以外的，夢想的與現實的，在這一刻，全部在我的心頭重聚。

從來沒有像今天這樣，如此強烈地感受到，大自然的神奇。她是一位高明的藥師，將我從俗世間帶來的頑疾，輕輕拂去。

一路走，一路憶，一路忘記。

下山的時候，我忘卻了，來時緊鎖的眉。

聽月

1

七月的燥熱，被一場雨洗盡。雨停，安靜。
雨中的疼痛，化為養分，雨後的一簇新綠，像我的心。
此刻，沒有陽光，我開啟像陽光一樣透明的軀體。

2

陽臺的那株吊蘭，已陪我走過六年的光陰。跟隨我輾轉，搬家至此。它綠而死，死而復綠。在生與死的交替中，在那片流瀉的生命中，哪裡還能尋到我最初抱回家時的那叢綠色！
每一簇新葉的搖曳而出，都會有一片或幾片曾經綠著的葉死去。
它一年四季綠著，又一年四季悄悄蛻變著。
根，就是吊蘭的心。吊蘭的心，活在泥土裡。

3

起起落落的海潮，捲來落落起起的人生。
能存在記憶裡的，不是喜悅，卻是淚水。
在這個世界上，可以分享快樂的人很多；可以分擔痛苦的人，只有一個。
失意時的刻骨銘心，能咀嚼到的，只有自己和自己的心。
成功時的喜悅，如浮雲，不留痕。

4

雨天，陰天，豔陽天，全憑自己看世界的心。吊蘭擁根而活，人活在自己的心裡。
那些純真的懷念，我依然會懷念。那些滄桑的歲月，我依然會回憶。
那些揮之不去的，糾在心底的苦澀與甜蜜，我依然任憑它閃爍。
在晨昏或寂冷的夜，將心情沏成一杯茶。品嘗，那些屬於心靈的流質。

5

行走在光陰裡，光陰的手撫摸著我的髮絲。
很久沒去湖邊了，七月的河水承載些什麼？此刻，我的想像全部枯萎。
真想放開喉嚨啊，震盪山林的一聲長吼。吼聲迴環，如樂師撫過琴絃，餘音久久繞耳。
憤怒、喜悅、哀婉、悲痛。哪一種情緒的渲染，都不會影響傾聽。
然後，讓心靈變得安靜。

6

聽月，忽然像一位詩人一樣，我的情感甦醒。
聽月，守著雨後的夜空，安靜。
潔淨的月華，輝映著，我如同陽光一樣的透明的心靈。

一尾魚

1

風，不緊不慢地吹。一尾魚，不小心躍出了水域。
彈跳，已毫無意義。風有些輕，只能揚起沙塵，卻帶不動我的身體。
掙扎。終於累了，倦了，睏了，就讓我在海風裡，暫且失憶地睡去。

2

朦朧之中，是誰踩痛了我，拎出一顆還未停止跳動的心。
四處飛，在曾經的歲月的光輝裡，耳邊聽到隱約的邈遠的歌吹。
那是母親的聲音吧，才會如此婉約動人。
像微風拂過水面的波紋，像一粒水珠滾落荷葉，滴入清水。
雖然輕，卻重重擊疼心扉。
母親，我只能聽到您的歌聲啊，卻看不到您在哪裡。

3

風攜著我，飛過海域，飛過森林，飛過平原，飛過荒漠，抵達一片潔淨的天地。
然後，把我的心，丟在一處柔軟地。

4

在那裡，我看到新春的嫩芽，一塵不染地綻放；
我看到七彩的蝶，翩然在流溢淡香的花叢裡；
我看到寂寞而快樂的星星，衝我無邪天真地笑。
飄來一隻流螢，飛飛停停，憐惜地望著我。問：你的心怎會丟在這裡？我卻發不出聲音。
流螢留下一滴淚，離去。那滴淚，在我的周圍暈開，暈開成無數圈的星輝。
然後，把我的心托起，不知送歸何地……

5

我沒有了記憶。不知過了多久。
海潮湧來，把我捲入水底，在一片涼涼的，溫暖的水裡，我睜開眼睛，醒來。
我是一尾魚啊，只有在這一片涼涼的，溫暖的水裡，才能夠呼吸，擺動，遊弋。
我是一尾魚啊，只有在這一片涼涼的，溫暖的水裡，才能夠見證生命的神奇。

6

那岸上的風、沙和致命的驕陽，留給我的傷，被海水輕輕洗去。
我撫摸隱痛的胸口，心，已回歸到胸膛裡。
安靜的水，喚醒我的記憶。我孤單地游著，開始想念，一隻流螢，那一隻在我快死的時候，呼喚過我的流螢。
你的身影，你的話，你的淚，還有你那顆善良的心靈。
我在水裡啊，流螢，你在我的夜空中閃光地飛……
我在水裡啊，流螢，我哭了，淚流進了海裡……

三月

1

淺淺的三月，飄著無聲的雨。
雨落得如此地靜，彷彿怕驚擾一個人的夢。
撐傘走在石板路，只能聽到自己清響的腳步聲。

2

樹木靜立著，蒼翠的新綠，閃爍扎眼的晶亮。
雨凝成水珠，彙集在葉的邊緣，然後，做一個優雅的彈跳，滴落下來……

3

那一顆小水珠，不偏不倚，滴落在我的心底。

涼涼的，融化成一縷淡淡的歡喜。
我喜歡這樣的一個人的世界，回歸一個最真實的自己。
一如這雨中靜默的風景，洗盡纖塵，無擾無爭無猜無忌。
就像一篇隨性而成的散文，我來時，可靜心欣賞。
我離去，可帶著文字流溢的芳醇。

4

從生命中走過的人，未必可以長情。
開啟文字，開啟孩童一樣的透明，在與你的交流中重生。
漣漣湖面，綻開我點點思緒。

5

春天正在行走，用枝葉，搖曳著它無可非議的表情。
它的深深處，是夏季汗涔涔的手，蒙上我愛哭的眼睛。

不知道，憂傷會陪我多久，是否一如延伸下去的秋冬。
穿過落葉的無聲，走到另一個寒冬的渡口。
關上窗，就可以阻擋風霜，對嗎？

6

那一樹，還沒有來得及觀賞的玉蘭花。
在我的眼前一瓣一瓣飄零，片片望著我，無聲。
飄雨的三月，也會有秋天的景色。
就像我的歡喜裡，也會劃過無可言說的哀愁。

我用含淚的眼睛看著你

1

不知為何，會害怕起陰雨天。我的心，會隨天一起沉下來。曾對自己說：「不再因環境而嘆。」守著內心的一份安然。走在街旁，冷冷的風吹來，沁入心脾的寒。我無法再對自己說：「我喜歡。」密密的雨，迷濛了眼。
無邊的冷，又一次襲來。

2

問天，為什麼會有這樣的心懷？
越想擺脫的時候，越是對我狠狠地糾纏。
撐著傘，銀杏枝頭上一粒雨沉重地砸在我的傘，然後，我聽見雨滴在我頭頂上瞬間碎裂的聲音，隔傘，全部砸進心底。
遠處隱約的山巒，我用含淚的眼睛看著你……

3

又想起陽臺上那一片溫暖的光，至少可以帶給我走下去的勇氣。小池邊那一棵殘妝的樹，已托出如蓮的花蕾。細雨迷濛中，我從它的身旁經過，仰望，竟沒有了欣喜。

那滿樹的花蕾，是我此時的心。

4

室內的案頭，盛開著我捧回的水仙，幽幽的香，時隱時現。春天，仍然會有徹骨的寒。再過幾天，它枝頭的花蕊就會全部凋殘，死去的生命，不會重來。

凡塵間，悲悲喜喜隨四季輪迴，每一個生命擁抱美好，每一個生命皆有無可言說的不忍。也許是慈悲吧，萬物與我同體。

一寸暖

1

一連十幾天了，天一直陰，老天沒有落下的雨，彷彿積聚到我的心底。
只要輕輕一點風吹，就能引出無數滴淚。

2

接近中午，太陽終於懶洋洋地露出半邊臉，望窗外時，一剎那間的驚喜：「太陽出來了！」我奔向陽臺，想更近距離地接近那一片溫暖。
那一片光，撫在我的臉上、髮上、身上。我閉上眼，對自己說：
「我的世界很溫暖。」卻不敢睜開眼，怕淚不聽話地流下來。

3

只是一個轉身，看到西邊的小池邊，一棵孤零零挺立的樹，沒有一絲鵝黃，沒有一點淺綠，沒有任何色彩可以用來裝扮這個世界。

陽光投影下它的身姿，像一名在殘冬裡孤軍奮戰的勇士，像一位哭乾眼淚後的女子，像一個人斑駁滄桑的心。陽光在撫著你呀，你的溫暖去了哪裡？

冬天要走多遠，才能有溫暖。

4

生命是一棵獨立行走的樹，不管根在哪裡，都要向人間播撒愛的濃蔭。

讓每一枚葉片上都鑲嵌上微笑吧，不管愛你的人懂與不懂，給予他溫暖吧，就像自己渴望的同一種溫存。

5

寒冷的冬天過去，我的天空是如此冰冷。
我用沒有冷熱感的眼睛，瞧見自己會疼痛的心。
城市的樹林邊不會長出麥田，我寧願相信，那一片蒼蒼翠翠的綠，是我丟失的麥田。
我必須學會像母親一樣，做一個守望者，做一個耕耘者。春天來了，讓它成長，夏季到了，讓它抽穗。
六月天，田野上閃爍我金燦燦的麥花，空氣中蕩漾我蜜甜甜的麥香。

6

讓我把眼前的一束陽光，攥在手掌。趁著未涼，我的心啊，請寬容地接受這一抹溫暖的流淌。
讓我髮絲上的每一寸陽光的暖，也生出翅膀，然後潛入我的皮膚，潛入我的心房。
讓我身上所能觸及的每一寸陽光的暖，都長出翅膀……

願君與春同住

1

還有一天，就要立春了。

鳥兒從天際飛過，沒有留下痕跡；白雲從天邊飄過，沒有留下記憶；夏日的繁花千萬朵，它在秋天裡飄落，我卻沒有收藏起。

比起來，一片落葉，要渺小得多。翻開我的書頁，裡面靜靜躺著許多枚銀杏樹的葉，依然泛著燦燦金黃色的光。

2

還有一天，又一個四季徹徹底底地走盡。

樹木在自己的年輪裡悄無聲息地畫上一個圈，留下歲月的痕跡；那個在春天裡降生的嬰孩，搖搖晃晃地邁開生命的步履；房角的一株滴水觀音，用新綠換盡了所有的枯萎。

比起來，用一顆可以承裝下這無數景緻的心，去承載一個人，要輕盈得多。孤獨的時候，卻明白想念故鄉的珍貴，會超越春天所有花開的美，和秋天枝頭所有收穫的驚喜。

3

還有一天，生命就開始又一個四季的輪迴。悲悲喜喜的心，隨時光一起流浪在紅塵裡。像月光一樣清，像蓮花一樣美，像一池澄碧的水，像兩滴晶瑩的淚。現了，隱了，都如第一次想念時一樣真。

用呵護善良的心，去呵護一種相遇。冬春剪影處，歲月回眸時，留給一個不願停止追求的人，幸福與感激無數。

4

我不再祈禱把冬留住，時光交給我的一切，我已珍藏於心間。用慈悲的心，去迎接春光滿人間的明媚。去愛每一座山岳、每一道河流、每一片田野，因春天到來而綻放的美！

當空氣中瀰散出春天的第一縷香，當眼睛開始張望銀杏葉的芽，當那隻鳥兒蹦蹦跳跳在冬天的湖畔，再一次神奇地出現在我的眼簾，當泥土下的第一枚種子在陽光下開始暢快地呼吸……

願君嗅得芳華，與春同住。

自在

1

二月的風，輕輕地來，吹在臉上，依然是涼涼的冬天一樣的寒。今天，四號，立春。

春天，就這樣在陰沉沉、霧靄靄的天氣中到來。

2

習慣一個人獨自去看風景。而此刻的天，會帶給我什麼？出門，就在我的目光所及處，是片片如煙的霧。只一眼，就浸入我無設防的心間。

為何要悲傷呢？我是來尋找春天。

3

那一樹淺淺的淡綠色的芽，那一串小小的紫紅色的苞，已鑲滿枝丫。枯裂昏暗了一冬的樹，此刻的衣衫上終於點染上顏色。

陰霾的天，怎能遮擋住這湧動著的蓬勃向上的吶喊！

4

霧，不因人的心緒而散。花，不因天的寒冷不開。該來的，都會如約到來。

四季裡的人生，也如這四季裡的風景一樣嗎？望天，雲聚雲散。

「本來無一物，何處惹塵埃。」心無罣礙，一切自在。

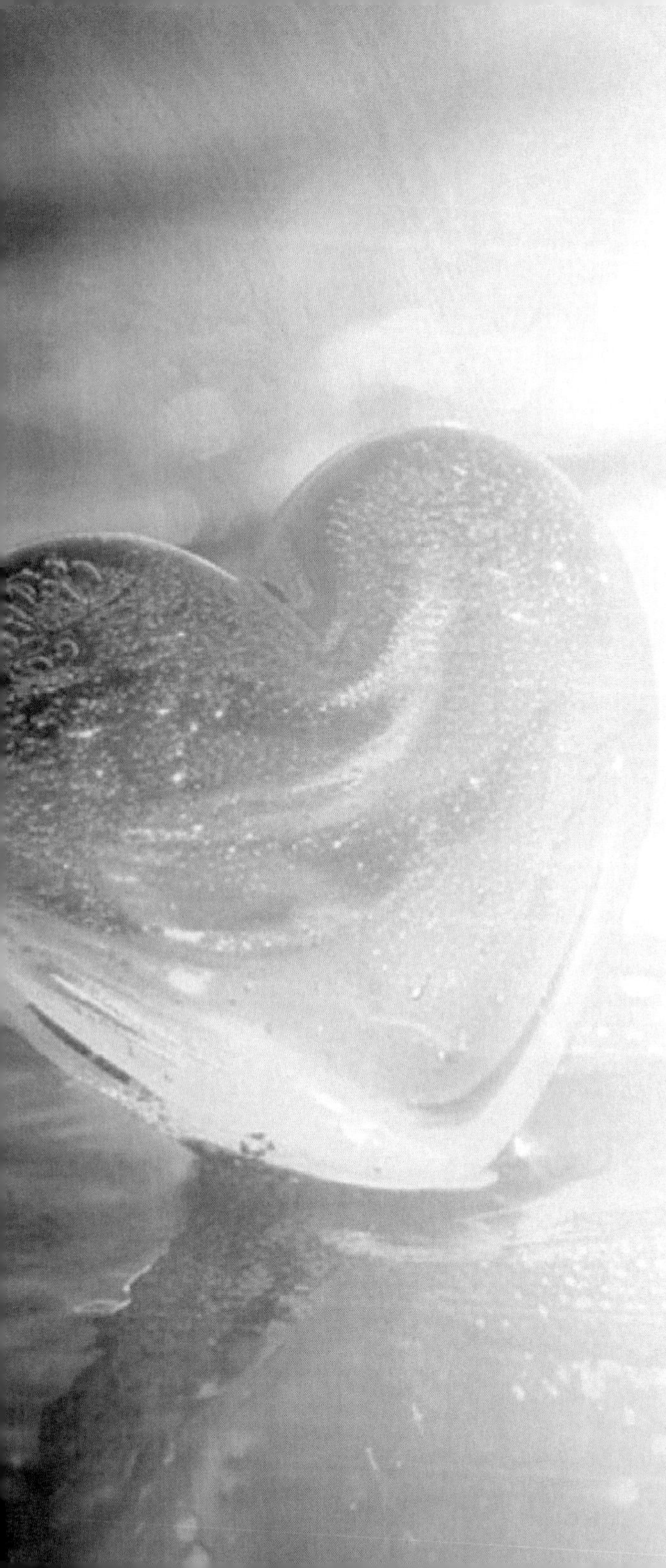

散文卷

第一輯 用生命之火取暖

聽從內心

我和誰都不爭
和誰爭我都不屑
我愛大自然
其次就是藝術
我雙手烤著生命之火取暖
火熄了
我也準備走了

蘭德的這首〈生與死〉，我不能用喜歡來形容，而是一直把它視為自己安身立命的準則。

做事，不要違背自己的初衷，做自己喜歡的事才是幸福。相處，憑彼此的意氣相投，隨緣隨心。

惡者，我遠之，避之；善者，我友之，近之；仁者，我敬之，仰之。

喜歡「水」的隨圓就方，柔中帶剛，潤萬物而不爭；喜歡「茶」的清幽，淡淡茶香裡飄逸出無可言語的禪思；喜歡路邊的香樟，隨四季默默生長，無憂亦無懼；喜歡我的小金魚搖曳在水中；喜歡陽臺上的蘭花青翠欲滴；喜歡中國文化的精髓——和諧，「禮之用，和為貴，先王之道斯為美」。欣賞季羨林先生對「和諧」三個層面的解讀：人與人和諧、人與自然和諧、人內心和諧。前兩種和諧很容易做到，難的是「人內心和諧」。讓自己的內心世界和諧，才是真正走近和諧。

難和易總是相對而言，個人追求與取捨不一樣，對「內心世界和諧」的認知也不一樣。

午後的陽光透過玻璃窗，灑在辦公桌上，也灑在我的身上。翻開學生的作文，與文字接觸，和孩子們透過文字交流，此刻有一種歡愉，那是一種來自心靈的愉悅，我喜歡這個時間裡的自己，引領我抵達內心世界的和諧。

站在三尺講臺，翻開書本，帶領孩子學習漢字，那一篇篇優美的文章，浸潤著孩子們和我的心靈，相契相悅。此刻有一種歡愉，那是一種來自心靈的愉悅，我喜歡這個時間裡的自己，引領我抵達內心世界的和諧。

帶領孩子們迎著朝陽晨練，看他們在陽光下奔跑跳躍的身影，那掛在額頭的汗水和漲得通紅的小臉。此刻有一種歡愉，那是一種來自心靈的愉悅，我喜歡這個時間裡的自己，引領我抵達內心世界的和諧。

課餘時間在辦公室或者教室的走廊，三五個孩子圍著我，問東問西，或者是滔滔不絕地講著班裡的事，有時也會為我出謀劃策。無邪的眼神，純真的話語，臨別時揮手的那一聲道別。此刻有一種歡愉，那是一種來自心靈的愉悅，我喜歡這個時間裡的自己，引領我抵達內心世界的和諧。

多少個白天，多少個夜晚，我一個人的時候，坐下來，享受片刻的安寧，思考一下今天已做過的事和明天該做的事，那一刻的寧靜，讓我有一種歡愉，那是一種來自心靈的愉悅，我喜歡這個時間裡的自己，引領我抵達內心世界的和諧。

雖不能物我兩忘，卻可以抵達真實的自己。

紀伯倫說「我們已經走得太遠，以至於忘記了自己為什麼而出發」，我卻從不敢忘記。我清楚地知道，我是誰，我的樂趣在哪裡。不管行走多遠，從不忘初衷——初衷是要做一名師者，曾經是，今亦是。

張載在〈西銘〉中說：「民，吾同胞；物，吾與也。」民，都是我的同胞兄弟；物，也包括植物，都是我的夥伴。我雖不能把民都視為我的同胞兄弟，但不管處在何種境地，把物都視為我的夥伴，必信自己可以做得到。亦堅信，一個人和另一個人或許做不了友人，但一個人和一棵樹可以成為知己。

陶潛詩云：「縱浪大化中，不喜亦不懼。應盡便須盡，無復獨多慮！」順應自然，不必刻意追求生命以外的東西，聽從內心，處之泰然。

高貴，在汗水中閃光

春天裡的點點嫩綠，轉眼間已「佳木秀而繁陰」，盛夏來臨。教室裡尤其顯得悶熱。下午課後大掃除，我強調教室裡的犄角旮旯、課桌下的地面，都要打掃乾淨。任務布置好後，同學們各負其責，開始忙碌起來。

從衛生區到教室，我一路督促檢查。走廊裡，有學生在擦窗臺和玻璃。走到教室門前，眼前的情景讓我心頭一震：一位男生挪開桌椅，然後蹲下去，手裡拿一把小鏟子，賣力地剷除地上的汙垢；另一位男生兩手緊握拖把，雙臂用力來回拖動，不時將右腳踩在拖把上，使勁地踩拖。他們倆動作協調俐落，神情專注，配合默契。一張、兩張，一處、兩處，課桌一張一張地後移，汙垢一處一處地清理。教室北面牆根處，還有一位男生也在專注、賣力地做著同樣的動作，另有兩位學生在用抹布擦洗牆壁。我清楚地看到汗水順著他們通紅的臉頰，滴落下來，滴在小鏟子上，滴在拖把上，滴在黑色的汙垢上。他們過處，是一塵不染、閃著潔淨亮光的世界！

我走過去，用手拍拍他們的肩膀，他們衝我笑，是那樣天真！汗水順著臉、順著脖子流淌著，汗水，浸溼了他們的衣背！其中兩位學生戴著眼鏡，不得不摘下來，抬起右臂，擦擦兩鬢的汗，再戴上，又繼續幹起來。剛才我還在擔心他們會不會幹，能不能幹好，要不要我教，現在瞧那姿勢，那配合，真是低估了他們的能力！

勞動結束了，整個教室煥然一新。那擦玻璃揮動的手臂，那擦牆壁彎曲的身體，衛生區那些撿紙、掃地的身影，那個賣力的拖地動作和額頭上流淌的晶瑩汗水，定格在我的腦際。

兩天後，學習范仲淹的〈岳陽樓記〉，當學生朗誦到其中的名句「先天下之憂而憂，後天下之樂而樂」時，我的眼前又閃現那天值日同學勞動的場景，我知道，教育的時機到來了。

當品賞到這一句時，學生紛紛發表自己的看法，根據學生的回答，我總結說：「窮則獨善其身，達則兼濟天下。其實不管身處何種境地，文人的最高境界都是憂國憂民，胸懷天下，忘卻小我，放眼蒼生。有了這種胸懷氣度，才有了杜甫『安得廣廈千萬間』的急切期盼，才有了張養浩『興，百姓苦；亡，百姓苦』的為民吶喊，才有了魯迅東奔西走『我以我血薦軒轅』的振臂高呼。這種精神和胸懷，是不是隨時光一道離我們而去了呢？『先天下之憂而憂，後天下之樂而樂』在今天有什麼現實意義，表現了一種什麼精神呢？」學生的回答異彩紛呈，我順勢抓住時機：「昔人已去，風骨永存，這十四個字所展現的『吃苦在前，享受在後』的時代精神，存在於我們每一個人身邊。就在前天的大掃除中，我班就出現為班級、為他人吃苦受累在前的同學！」我點到那幾位同學的名字，把我看到的情景向同學們描述了一番，更難得的是，這幾位同學中的一位是把自己教室外的任務完成後，又過來幫助打掃教室的！班裡響起了熱烈的掌聲，同學們投去稱讚的目光。

幾人臉上露出靦腆又天真的微笑！他們優秀的行為在同學們的掌聲和目光裡得到了最高的認可與獎勵。

我很喜歡「高貴」這個詞，它不僅指端莊優雅的儀態，更是從裡而外折射出的人性中最真實、最動人的一種人格特質！

在他們閃光的汗水中，我看到了高貴所在！

生活往往就是這樣，我們在教育著孩子，孩子們的簡單和純真，也在教育和感動著充滿智慧和世俗的我們。

那一個天真爛漫的笑容

記住這個孩子，緣於開學第一天報到時，抬眼看到他露出的那個天真爛漫的笑容。這個樂觀開朗的孩子卻有著比同齡人坎坷的成長之路。

他叫田田。1月19日晚上七點，我們一行五人前去家訪。夜幕中，田田的爸爸媽媽已等候在小區門口，熱情真的可以抵禦寒風。

開門的是田田，他臉上依然是燦爛的笑容，喊著「校長！」「書記！」「范老師，您是第一次來我家嗎？」「對呀！」我從包裡掏出贈送他的書《每天進步一點點》，把贈言讀給他聽，他接過書愛不釋手，坐在沙發上看起來。

田田患有抽動症，全身會不自主地抖動，不能參加任何體育活動，連孩子們看似最簡單的跳躍、奔跑他都無法做到。爸爸工作在外地，田田的生活和學習由媽媽全職照料。爸爸為了迎接我們的家訪，特意請假推遲了回程。

爸爸是一位開朗健談的人。從爸爸口中我們了解到，田田從小至今，一直在吃藥、打針。當別的孩子抱著可樂和各種飲料喝的時候，他只能喝著苦口的中藥；當別的孩子在課堂聽課的時候，他只能躺在醫院的病床上，承受扎針的疼痛；當別的孩子在操場上奔跑跳躍的時候，他只能一個人待在教室裡，眺望陽光下搖曳的樹葉。

現在田田每週一、三、五上午都要去接受治療，然後再回到學校上課。有時課沒有上完，媽媽來接他，同學幫他拎著書包，送他離開教室。同學們知道，他又要去扎針了。他沒有和同學談起過他扎針的疼痛，每次他留給同學們的，是瘦弱的身影和他招牌式的燦爛笑容。

期中考試後學校開表彰大會，班裡要推選一位感動之星，同學們異口同聲地喊出了田田的名字。同學們推選他的理由是，他帶病堅持上課，他積極向上，他樂觀開朗，他善良堅強。

是什麼讓他小小的軀體裡聚滿力量？是什麼讓他在病痛前堅強面對？是什麼讓他用樂觀感染著身邊每一個人？

在一次感悟親情的班會課上，有一個環節是「傾聽親情」。我提前邀請家長給孩子寫一封信，下面是田田媽媽的信，現摘錄部分內容：

親愛的孩子，這是自你出生以來，媽媽第一次給你寫信。當年你的出生帶給爸爸媽媽以及全家巨大的喜悅，尤其是爸爸，你出生後，他接打電話持續數小時，興奮之情，溢於言表。就是現在，他對你的愛也是有增無減，無論他在外多忙，總是抽空詢問你的情況，無論他在別人面前多嚴肅，他一直溫柔地對待你……你的身體一直不太好，經常吃藥、打針，學習也很吃力，成績不理想，但你的心態一直很好，沒有自暴自棄，沒有自卑，而是趁治病之餘抽時間學習，就是六年級時去外省治病半年，你也帶著各科課本。升入中學後，學習更緊張，對你來說壓力更大。曾有親戚叫你不要讀書了，你聽了堅決反對，說：「我要上學，我要和老師、同學們在一起！」媽媽本來也特別擔心你上初中的事，有時甚至因為擔心夜裡忽然驚醒……等到你真的上了初中，第一次開家長會，聽了范老師的教育理念「孩子人格健全是第一位的，健全的人格比好成績更重要」，媽媽鬆了一口氣。後來我看到班級同學對你的友善和幫助，老師對你的愛護，媽媽感到欣慰和溫暖，媽媽要恭喜你，你走進了一個溫暖的集體……同時，媽媽也善意地提醒你：兒子，世界上沒有任何一種愛與幫助是理所當然的，你心存感激的同時，要自立自強，盡量不給別人添麻煩，在別人遇到困難時，你應該熱情相助。

親愛的田田，媽媽佩服你的另一方面是你比別的孩子承受了更多的苦痛。每天早晚兩碗中藥，媽媽聞著都覺得苦，你卻能微笑著喝下。經常去醫院針灸，當銀針灸入你的身體時，雖然每次你都很緊張，也疼得掉眼淚，但你仍然能配合醫生，堅持到最後。兒子，你真的很棒！人生會有各種不幸，既然我們遇到其中之一，那就讓我們一起不拋棄，不放棄，一小步一小步地往前走……希望你能做好自己，心懷家人，回報社會……

整個家訪中，是爸爸在給我們講述，那位日夜辛苦陪護兒子的母親，此刻只是熱情地倒水，端上糕點讓我們品嘗。我們從爸爸的講述和媽媽的信裡，得到了前面問題的答案：是爸爸媽媽無言而厚重的愛，讓田田雖承受病魔帶來的疼痛，卻幸福快樂地生活著！

田田捧著書安靜地在旁邊坐著，一直很開心，他用孩子天真的目光不時看看校長。校長笑著問他：「有什麼開心的事想給我們說說？」田田露出害羞的神情，說：「小學時一次朗誦比賽我獲獎了……」我們豎起大拇指誇獎他，他開心地笑，滿屋子的溫馨和快樂。

一次家訪，也許改變不了他目前的狀況，但那一晚我們給孩子帶去的快樂，送去的關懷，他定會永遠記得。後來田田媽媽對我說，我送他的那本書，他每晚都要看，媽媽讓他一次看一篇，他說一次要看兩篇。想他在明亮的燈光下閱讀時，一定忘記了喝藥的苦和扎針的痛吧！

優秀的成績，能贏得別人的讚許，可貴的品格、堅強的意志，能感動所有人的心！祝福田田，不管未來的路如何，都能微笑面對，一如我初次見到他時露出那一個天真爛漫的笑容！

塵世裡的那片桃花源

從1月19日至23日，我家訪了7個孩子。第七個孩子叫沐沐。1月23日週五晚上，離開沐沐家時已近八點半，在她家我們聊了近兩小時。回來後，我的思緒再也無法平靜，這孩子留給我太多的思考。

在學校裡的沐沐，作業總是完不成，尤其是數學，完不成作業的名單上幾乎每天都會有她的名字；地理知識背不下來，有一次負責檢查背書的組長被她「折磨」到情緒失控，聲淚俱下地向我控訴，而站在對面的沐沐眨巴著眼，依然用她無辜的眼神看著小組長；體育課跑步，她總是落在後面；做事拖沓，學習效率低，整體成績不理想。為數不多的亮點之一是在我的語文課上，沐沐積極發言，並且能夠提出獨到的見解，她對課文的理解和認知水平，超出同齡的孩子。

為什麼她會是這樣的學習狀態呢？這次家訪，我找到了答案。

沐沐的爸爸是一位新聞工作者，媽媽是老師。毫不誇張地說，走進她家，就彷彿進入了圖書館。客廳沙發後一面牆，做成了書櫥，整齊地排列著各種圖書；爸爸的書房，更是汗牛充棟；沐沐的房間，除了一張床和一套桌椅外，能看到的就是圖書了！爸爸帶我和同行的邵老師走進女兒的房間，一邊介紹，一邊從書架上抽出一本梁衡的作品集拿給我看，說女兒喜歡看梁衡的作品，不僅是文學方面的，梁衡還有一本關於數學的書，把複雜的數學知識講解得淺顯易懂。沐沐從小就是在書堆裡長大的，爸爸對書籍超乎尋常的愛好，對沐沐的影響可能是潛移默化的。沐沐在作文〈我咋這麼愛看書呢〉中寫道：

> 與書結緣，只是因為小時候父親極喜藏書，幾十冊幾十冊地往家搬。我長期耳濡目染，很早就捧著原文版的四大名著讀，愛不釋手，於是無論到哪裡，我手裡總捧著書。對書最初的喜愛，隨著時間的流轉也漸漸累積成習慣，成了天然的熱愛。我堅信，我與書籍有著天生的緣分，於是從老爸的書房裡索要來愈來愈多的書籍，我開始整日不出房門，廢寢忘食地沉浸在閱讀的喜悅中……

這是我見過的藏書最多的家庭。從沐沐房間到爸爸的書房，再到客廳，凡是能放置的地方，全是書籍！爸爸說房屋的裝修全是自己設計的，最大限度地設計了藏書功能。我問爸爸：「你家大概有多少書籍？」爸爸說：「一萬多冊！」這浩如煙海的藏書都是爸爸精挑細選出來的。

女兒學習數學吃力，每天的數學作業花費她大量的時間和精力，主要問題是計算速度慢，耗時長。同行的邵老師和爸爸做了進一步的交流，爸爸說：「有些數學題，是我在幫她完成。」爸爸客觀地分析說，學習需要天分，孩子在數學上的天分比較弱。小時候給她讀數字，她毫無反應；給她讀〈春江花月夜〉，她倒是手舞足蹈。從小到今，孩子在文字方面顯露出較高的天分。

在這樣的家庭環境裡成長，沐沐對文字有特別的感知力，也就不足為奇了。下面摘自沐沐的寫作片段：

遠處，操場邊緣的灌木叢裡傳來一陣壓抑而綿長的鳴叫，似是蟲聲，此起彼伏。我在想像中描繪著這位隱藏的「音樂家」一本正經拖長嗓音的倨傲樣子，這鳴聲的製造者也許是那在陰影裡歌唱生命的「音樂家」——蟬吧？想到這裡，我的腳步頓住了，唯恐驚擾了它們悠然自得的歌唱，於是換了一個方向走著……

稍抬頭，眼角的餘光遠遠地飄起來，劃過樓層鋒利的稜角，劃過高樓圈出來的一片不規則的天空，也劃過一幢特別高的樓在一片矮樓中鶴立雞群的風采。陽光在樓頂的窗戶上聚焦為耀眼的一團，卻從那高高的樓頂上「縱身一躍」，俯衝下來，直至被重重摔在操場的塑膠跑道上，支離破碎，卻淺淺湮開一片柔和的金色光暈來。太陽並不吝嗇向這片遙遠的土地灑下光明，即使這是它與生俱來的權利。陽光明媚而熾烈，樹伸出它柔韌的臂，柔柔地拂過金色的浮光，交叉的指間抖落下星點的斑駁，穿透塵埃交織的霧靄，妙不可言，只見——

一隻蝶以極為靈巧輕快的身姿舞動著，翩翩而至，白色衣袂翩躚翻飛，時高時低，忽上忽下，化作一抹輕盈通透的白斑駁在花葉間，閃閃爍爍，投下淡淡的陰影。倏地，它將雙翼一攏，停駐在花瓣之上，雙翼微揚，彷彿舞者在落幕時分莊嚴地向觀眾行禮；雙翼微傾，又像在傾聽花瓣與清風之間的呢喃細語。沐著一身微涼的斑駁，寧謐安然。想走近幾步，卻一步邁出了梧桐的涼蔭，影子滾燙，被毒辣的陽光侵蝕成不規則的一片。瞇起眼，眼前的一切都氤氳成朦朧的金色，此刻的太陽一定耀眼得令我不敢直視。又躲進梧桐的涼蔭裡，依然寧謐安然，外面仍是灼灼熱浪，那白色的精靈卻在這時掙脫了我的視線，遁入那遙遙的一片綠意中去了。

不羨鴛，不慕仙。我也有我的桃源，只盼，此刻即永恆。

你相信這段文字，出自一個12歲少年之手嗎?是的，是沐沐的隨筆!當沐沐媽媽把她寫的四篇文章傳給我，我一口氣讀完，竟然感動到想流淚……

小小的沐沐，到底嗅得了多少墨香，有多少詩意棲息在她的骨子裡，筆下才會流淌出如此貼切、生動又有才情的文字！

此刻她若在我面前，我必給她一個深情的擁抱，一切無須多言……

如此有才情的孩子，縱然數學成績不盡如人意，她已然努力，有什麼能對她苛責的呢？蝴蝶飛不過滄海，沒有誰忍心去責怪。只恨自己從前對她了解不夠，每次和沐沐媽媽交流，媽媽只對我說，沐沐讀了很多書，我並不知她讀過的書已化為她的才思，悄然融入了她的內心世界，在需要的時候，便肆情地奔湧，流瀉於筆端，不需要給她一個命題讓她寫作，情思所行處就是流彩華章。

感謝這次家訪，讓我識得一顆少年心，在接下來的初中時光裡，重新思考對她的教育。不管外面風雨，我會用我的愛，護她前行，和她一道建構並堅守她的「桃花源」。不再讓她因數學作業沒完成而擔憂，不再讓她為沒有背下來的地理而苦惱，不再讓她為跑步落後而卑怯，我要引導她用描繪桃花源的勇氣去面對這些坎坷，積極努力就好。

家訪歸來，回想與沐沐交往的點滴和與家長的促膝長談，我從來沒有對「因材施教」四個字如此透徹地理解過。

面對沐沐，「因材施教」是對孩子最大的愛和尊重。

想起家訪時贈給沐沐的一支鋼筆，包裝盒裡的紙條寫著「希望你用它流暢、高質量地書寫作業，書寫美麗人生」。家訪之後，我想修改我的贈言：「希望你用它流暢、高品質地書寫文字，書寫美麗人生。」

教育需要理想，教育需要用愛守護塵世裡的那片桃花源。

我的生命在唱歌

一個真摯感人的好故事，蘊含哲理，開啟心智，帶給人心靈的啟迪，讓人受益匪淺。我和學生之間的故事，就從講故事開始：

蘇格拉底的父親是一位著名的石雕師傅，在蘇格拉底很小的時候，有一次他父親正在雕刻一隻石獅子，小蘇格拉底觀察了好一陣子，突然問父親：「怎樣才能成為一個好的雕刻師呢？」「看！」父親說，「以這隻石獅子來說吧，我並不是在雕刻這隻石獅子，我是在喚醒它！」「喚醒？」「獅子本來就沉睡在石塊中，我只是將它從石頭監牢裡解救出來而已。」

多麼富有啟發意義的話！長大後的蘇格拉底不就是一位偉大的心靈雕刻師嗎？他利用「產婆術」將那個時代人們的心靈從蒙昧狀態中喚醒。

一位優秀的老師，也應是心靈的雕刻師。

我們的學生，就是石塊裡面沉睡的獅子，我們要做的就是喚醒學生心靈深處的天賦理性和內生性力量，讓學生的潛能得以激發。

新學期開學，我帶七年級兩個班級的語文。看到孩子們稚氣的臉龐、純真的目光，我感受到無盡的力量與希望。記得第一節課，我沒有讓學生拿起書本，照本宣科地講解課本。課前我就在思考，進入初中的第一節語文課，應該上什麼？應該在他們心底種植下什麼？簡短的自我介紹後，我開始傾聽他們：讓他們說走進新校園的心情，說語文，說生命。我的第一節語文課，黑板上只寫下八個字：感恩、真誠、勇氣、正直。我拿出自己的語文課本，把扉頁展示給學生，扉頁的最上面清晰、美觀地寫著同樣的八個字。「下面同學們應該怎樣做？」學生會意，拿出筆，將這八個字工工整整地寫在自己課本的扉頁上。

開學第一課，我在學生的心靈種植下美德。這八個字猶如一面鏡子，在接下來與學生的相處和交往中，以此為鑑，激勵成長。

七一班的良英同學，紮個馬尾辮，大眼睛忽閃忽閃的，一看就是機靈的孩子，倚仗機靈，有時會在作業上耍些小聰明。有一次，她早上來校後臨時補寫昨天的作業，還與課代表發生爭執，被課代表當面狀告到我那兒。我找到她，要求她在規定時間內完成，她二話不說，按時補交了。有一次週記作業，我批改時發現她把上一次的週記充當這次的。她的辦法也實在不高明，就是把上次我批閱過的紅色筆跡用膠帶黏掉，然後原封不動地交上來。我一眼看出她的伎倆。我把她叫到辦公室，還沒問話，她就低下頭，雙手攥著衣角擺弄。看來，這次她自感事態嚴重，心裡有些忐忑。

「知道叫你來是因為什麼事嗎？」

「知道。」

「那你說說看。」

她小聲說：「我昨天週記沒寫……」

「沒寫我可以原諒你，然後你是怎麼做的？」

她不出聲了，也許是為難，也許是羞愧，開始在那兒抹眼淚。我翻開本子遞到她面前，她卻不願抬頭看，我合上本子，一語不發地看著她，她感覺得到，我此時的沉默，比所有的呵責更讓她無地自容。

我語氣委婉了些，說：「還記得開學第一節課，我在黑板上寫的八個字嗎？」

她點頭。

「這次你哪一點沒做到？」

「真誠……」她聲音雖小，卻很清楚。

「你這樣做，是對自己不真，對老師不誠。作業可以分好壞，但品德可不能輸給別人呀！本子拿回去，知道該如何做了？」

她抹把眼淚，接過本子，使勁地點頭。

第二天一早，我剛到辦公室，就看到她的週記本端端正正地放在我桌子上。我翻開，她已經工工整整、認認真真地補上了。這件事後，她再沒有因作業讓我勞神過，聽課的狀態也比原來專心多了。

春節，我收到她發來的簡訊：「老師，我是良英，祝您新年愉快！下學期我會有更好的表現！」我很欣慰，回覆：「謝謝！也祝你和家人節日快樂，新學期，老師對你期待更多！」

在孩子心靈植下一種美德，便收穫一份輕鬆與快樂！一個真心向誠的念頭，是最罕有的珍貴，好像佛桌上開出的花朵，從生命深處喚起學生沉睡的自我意識、生命意識，促使學生價值觀、人生觀、創造力的覺醒，以實現自我生命意義。教育的過程不僅要從外部提升學生的能力，而且要喚醒學生內在的人格和心靈。

對於學生學習的主要陣地——課堂，上海特級教師于漪老師這樣說：「什麼是教課？教課是我的生命在唱歌！」這句話給我很大的觸動。一個用生命做事的人，怎會做不好呢？以生命去投入，去熱愛，去融入，生命之歌定然會流淌出動人的旋律。

記得在學習莫懷戚的〈散步〉這篇課文（課文主要記敘了「我」、「我」的母親、妻子和兒子一家四口在春天的田野上散步時的故事。因走大路還是走小路，「我」的母親和兒子發生了分歧，「我」聽從母親，母親聽從兒子，最後選擇走小路，因母親年邁，兒子年幼，於是「我」背起母親，妻子背起兒子）時，我設計了這樣一個問題：「在這個家庭中誰的權力最大？」同學們各抒己見，經過不同觀點的碰撞、交流，最後發現原來誰都可以是這個家庭中權力最大的一個，並且在文中都能找到根據。我歸納道：「在家中沒有權力最大者，只有情感是相通的，那就是一個愛字！」這時我請姜海傑同學在黑板上畫一個心形圖，沒想到平時調皮的姜海傑同學不僅形象地畫出了心形圖，並且創意地在心形中間畫了四個人，親情就這樣透過這一幅形象簡筆畫展現得恰到好處，一家四口散步在春天田野的溫馨畫面油然而生。我微笑著對他豎起大拇指，同學們把讚許的目光和熱烈的掌聲送給了他。

接下來我隨手從教室的窗臺上端過一盆花，問學生們：「我手中的這盆花，假如讓你送給文中的一個人，你會送給誰？請說說理由。」學生們踴躍地舉手發言，有的說要送給作者，有的說要送給母親，有的說要送給妻子，有的說要送給兒子，並且各有各的理由。姜海傑的回答更具有新意，他說：「這盆花會傳遞給每一個人——我把花送給作者，因為作者孝順，但作者會把花送給妻子，妻子會把花送給母親，母親又會送給兒子！」聽著他的回答，同學們不住地點頭，又是一陣喝采的掌聲。我不失時機地總結表揚道：「姜海傑同學的回答太精彩了！是呀，當一朵花傳遞到每一個人的手上時，一種真情也流淌在每一個人的心底，形成剪不斷的親情鏈！」

相信這節課學生們的感受和我一樣，被濃濃的親情和課堂的氣氛所感染。這時的課堂就像一塊巨大的磁石，我和學生都被它牢牢吸引。

我確信一句話：「教育是一個靈魂喚醒另一個靈魂，一顆心感染另一顆心。」姜海傑同學在這節課上被喚醒的心靈給予我很大的成就感和滿足感。下午，我在辦公室，有人敲門。「請進！」門被推開了，門口卻沒有人！我心想，可能是哪個調皮鬼課間故意來搗亂，就起身去關門，到門口卻感覺到門旁好像有人。果然，幾個躲在門旁的學生樂呵呵地跳出來，其中一位學生神祕兮兮地說：「老師，姜海傑有朵花要送給您！」這時姜海傑從背後舉出一朵康乃馨，塞在我手裡：「老師，給！」他也不抬眼看我，然後就和其他幾個同學雀躍而散了。

幾個歡快跑去的身影，一朵溫暖的康乃馨，一個站立門前驚異的我。雖然我沒有問，他們也沒有說，為什麼會想起送一朵花給我，不過我知道，上午學習〈散步〉時課堂上送花的情節產生了潛移默化的效果，課堂上營造的濃郁溫馨的愛傳遞到生活中了。

我欣慰，他們的心靈被喚醒，把親情延伸到師生情。希望在他們心底激起的這朵小小的漣漪，如夏日的清荷，給周圍更多的人帶來芬芳，陪伴他們走在人生成長的路上。

蘇霍姆林斯基曾經有個精彩的比喻：我們要像對待荷葉上的露珠一樣，小心翼翼地保護學生幼小的心靈。晶瑩透亮的露珠是美麗可愛的，卻又是十分脆弱的，一不小心露珠滾落，就會破碎。愛是教育的原動力，教師關愛和激勵的目光就是學生心靈的陽光。

把愛融進生命，把生命融進課堂，創造激情，讓所有學生都抬頭走路，以此塑造學生崇高的個性品格。學生的自尊、自信、求知欲望和創作靈感就如同露珠，需要教師倍加呵護。這種呵護就是要從生命深處喚起學生沉睡的自我意識、生命意識，促使學生價值觀、人生觀、創造力的覺醒，而不僅僅是在傳授和接納某種外在的、具體的知識和技能。

路有多遠

每帶完一屆畢業班，整個人好像被掏空了一樣，感覺掏心掏肺的愛已全部給完，沒有力氣再去愛孩子們了。

歷經一個夏季，夏的濃蔭彷彿悄悄蓬勃在我的心底。當空氣中夾著一絲微涼，九月如約而至，迎來又一個開學的日子。

迎接一個新的班級，像迎接一個新生命的來臨，有一種莊嚴而神聖的美。那種全新的生命氣息，迎面撲來，直達心底。看著孩子們一張張稚氣未脫的臉，喜愛之情充盈心間。「沒有愛，便沒有教育」，從新學期的第一天起，我就告訴自己必須至真至善地去愛護他們。

在家長的陪送下，孩子們陸續到來。拿出通知書報到，進入教室，右邊的黑板上寫著「三才者，天地人，三光者，日月星……」右下角寫有提示：「請自選座位，拿出紙和筆，抄寫試背誦」。左邊黑板寫著「入班第一天，樹立好形象」「歡迎七（6）班的孩子」。不用我說什麼，孩子們秩序井然，入座後拿出紙和筆安安靜靜地抄寫《三字經》。

教室門口，陸續到來的家長和我輕聲簡短地交談，孩子入班，家長離開。當走廊裡還有其他家長孩子喧譁的時候，我班教室裡靜悄悄。

我喜歡的那種安靜，孩子們做到了。

開學第一天，比我想像的要順利得多。「不以規矩，不成方圓。」不過校規班規固然重要，硬性的規定還需要人性地執行。一個班級的核心競爭力是什麼？我覺得兩個字——自律。自律才能自立，自立才能自強。自律是自尊自愛的表現，是一個人言談舉止文明的展現。我們內心嚮往的班級可以透過孩子們的自律去建構。

做眼保健操時，我班沒有班幹部在講臺上盯著，孩子們聽到鈴響會自覺回到位子上，跟著廣播做；每天上午廣播操時間，他們會自己管理自己；班級衛生，我班沒有垃圾桶，自己的垃圾自己處理，每人準備一個小垃圾袋掛在課桌旁，每天及時清理，發現地面有紙屑，隨手撿起，晚上值日，地面只需用拖把就可以了；桌椅的擺放，做到「人正、心正、坐姿正、桌椅正」，讓「正己」成為一種自覺的行為。

為了營造班級文化氛圍，我利用教室後面的空間放置了一個書櫃，孩子們各自從家裡帶一本書，和其他同學交換閱讀，按時更新。所以課餘時間，特別是下午上課前那段時間，早來的孩子會捧上一本自己喜歡的書，津津有味地閱讀，著迷而專注。

教室的每一面牆壁都會「說話」——孩子們自己選出名言，動手寫在紙上，貼在牆壁上，如「學習成就未來」、「態度決定高度」、「思路決定出路」、「擇善修身，立志成才」、「繩鋸木斷，水滴石穿」等，時刻提醒激勵自己奮發有為，不可懈怠。為陶冶情操，除了班歌，我每月為孩子們選一首積極向上的歌曲，用多媒體播放，聽到音樂，孩子們就會不自覺地學著唱，讓美妙的音樂浸染心田，感受美的旋律，從中汲取力量。

「喜歡自己做的事，就幸福」。學會悅納自己，悅納身邊的人和物。樹立主角責任感，班級是「我的」，我要關愛她；學校是「我的」，我要呵護她；將來長大成家立業了，家庭是「我的」，我要守護她；祖國是「我的」，我要熱愛她。讓孩子有一種歸屬感、責任感、幸福感。

「擇善修身，立志成才。」鼓勵孩子從自己身邊的小事做起，讓「愛」和「善」的種子融入他們的心田。歲月流逝，容顏老去，只有一個人的美德會隨歲月積澱下來，熠熠生輝。

作為一個教育者，思想有多遠，教育就有多遠。愛一朵花，就陪她一起綻放吧，抵達幸福，不問路有多遠。

第二輯　歡喜一念

坐看雲起時

和當代著名山水畫家朱松發老師的一面之緣，純屬偶然。

4月15日，是我的結婚紀念日。正打算出門，愛人接到朱松發老師的電話，讓去他的工作室取畫，我得以同行。

一路上愛人說著他和朱老師接觸的點滴，談朱老師的山水畫技法、繪畫風格，講朱老師為人謙遜和善，言語間無不流露著對朱老師的敬仰之情。驅車三十分鐘的路程，明媚的陽光暖暖地灑進車窗，聽著愛人的敘說，我懷著崇敬的心情，走近這位繪畫界前輩。

四樓，輕輕敲門，開門見一位精神矍鑠、滿面笑容的長者，與愛人親切握手。「朱老師好！」「這位是……」「我夫人。」簡短地問候過，朱老走近畫案，拿出幾幅畫一一展開，其中一幅是贈與我愛人的梅花，愛人見後感激地對朱老說出我的名字：「她名字裡有一個梅字……」「太巧了，這幅畫送給她了！」朱老含笑親切地說。

在朱老和愛人談工作上的事情時，我打量了一番他的工作室。約30平方公尺的畫室，布置簡樸，最顯眼的要數倚窗而放的一張長長的畫案了。畫案的毛氈上星星點點的墨色，記錄著朱老伏案作畫的每一個瞬間。西面牆上是一幅恣肆揮毫的山水長卷，朱老用慧心與慧眼巧妙將自然融入他的畫卷之中，潑灑的筆墨似飄浮煙雲，似淙淙流水，似山中霧氣，似山巒重疊，似層石靜臥，似林木招展……不經意間流露出率真、飄逸、渾厚與蒼勁之美！北面是一組書櫃，裡面陳列著琳瑯的書籍，想必那裡亦是朱老駐足的桃花源吧！

朱老不僅畫好，草書更是別具風韻，引人入勝。談話間，我試著問：「朱老師，向您求一幅墨寶吧！」沒想到，朱老含笑爽快答應了！鋪紙，研墨，筆在紙上行，句由心頭出，抬手落筆處，王維詩句成：「行到水窮處，坐看雲起時。」其間我拿出相機拍下他書寫的場景，這哪是在寫字啊，分明是在作畫！行雲流水，暢快淋漓，大氣渾然，一氣呵成。寫完落款時，朱老發現印章不在身邊。有什麼關係呢？朱老拿出棗紅顏料和小號筆，俯身一筆一筆「刻」出手繪的章！片刻工夫，時間、姓名和他的齋號「片雲亭」三字，便熠熠靈動地呈現紙上，手繪印章，意義非凡。

我小心翼翼地摺疊收起，朱老怎知，這幅字是我今天得到的最珍貴的結婚紀念日禮物啊！

就在準備離去時，案頭靜靜站立的一個瓷器裡，幾株凋殘的枯蓮闖進我的眼簾，抬眼，角落的空調上不同的瓷器裡同樣靜立著幾片乾枯的蓮。那從大自然採擷來的精靈，不管時間怎樣流轉，葉脈間依然翩飛著清蓮不朽的精魂。夏荷入室，繽紛景色便可搖曳於心田！主人的思想涵養、藝術活力、率真潔淨的心地，就在我看到蓮的那一瞬間盡現，無言天地間。窗外的喧囂，打擾不了這一方寧靜的世界。

「斯是陋室，唯吾德馨。」一方小小天地裡，畫案、墨香、書籍、瓷器、枯蓮，承載的是對藝術孜孜不倦的追求，厚德載物的品格。在和朱老短暫的交流中，我深深感受到朱老的豐富、厚重、至真。

朱老將我們送至門前，握手道別。走廊盡頭轉彎處，我和愛人回頭，朱老依然站在門外，還在含笑默默目送。再一次揮手，那一刻心頭盈滿感動——這樣的一位長者，怎能不讓人心生感激和敬仰之情？

我低頭看看手袋裡朱老的墨寶，「行到水窮處，坐看雲起時」——這何嘗不是朱老超然、豁達心境的寫照呢？

人間有味是清歡

初夏，小滿剛過，接連兩天陰雨。雨後空氣清新，晚上一個人在家，決定下樓去走走。

小區草坪上，兩個稚童在奔跑嬉戲。我駐足觀看，因互不相識，且喚他們大童、小童吧。大童在玩一種類似「飛碟」的玩具，路燈下我看不真切。只見他手一拉一揚，飛出一物，然後落地，小童歡呼雀躍，撿拾落地的「飛碟」。

「姐姐，你來玩嗎？」小童跳著跑到我跟前。

背後是路燈，我逆光而站，小童看不清我的容貌，自然看不出我的年齡，一聲姐姐，打破所有隔膜，彷彿是童年夥伴的呼喚。

「好啊！」我欣然答應，抬腳加入他們。

「你幾歲了？」我問小童。

「我三歲！」

哦，三歲，多麼小啊！

「你呢？」我問大童。

「我上三年級了！九歲！」

哦，九歲的童年！

「讓我試試吧！」我伸出雙手，大童慷慨地將玩具遞給我。我這才看清楚，玩具很簡單，一根約20公分長、形狀似螺絲的塑膠棒，一個類似螺絲帽的彈力器，一隻「飛碟」。

「你教我吧！」

大童爽快答應，邊說邊示範：先用左手握住塑膠棒的底端，然後套上螺絲帽樣的彈力器，再插上飛碟。舉起來，右手用力將彈力器向上拉，飛碟就飛出去了！

我照著樣子嘗試，第一次飛碟畫出一個弧形，落在近處的草坪。大童一邊撿起，一邊強調：拉出去的時候要快！越快飛得越高！

好！我再試試。

左手握住塑膠棒底端，右手捏住彈力器，雙臂抬起，心裡默唸：「快！用力！拉！」「嗖！」果然，飛碟彈出一道直線射向天空，夜幕中，竟然不見了蹤影……我們抬頭傻等，片刻後，小童「咯咯咯」地笑著：「在這裡，在這裡！」原來飛碟像長了眼睛，居然落在了小童的腳邊。他將飛碟舉過頭頂，像一個凱旋的英勇小戰士飛奔而來！

哈！飛碟在和我們捉迷藏呢！

我感激地把玩具還給大童，揮手告別，他倆依然在昏黃的燈光下玩耍嬉戲。

原以為快樂是他們的，此刻，回頭看著他們奔跑的身影，內心竟是滿滿的喜悅和幸福呢！

謝謝寶貝，在這個夜晚，將一份童真和快樂傳給我。

前行，過道兩邊是小區的老人在晚練，統一節拍，擊掌拍腿。其實每天晚上這個時間，我在樓上都可以聽到清脆的擊掌節奏，卻不喧鬧。老人的那份沉澱即使在運動中也傳遞著安寧。

也許是受了小童的感染，我加入他們的行列，站在一位奶奶身邊，互相微笑點頭算是問候。鍛鍊已接近尾聲，我跟著節奏，雙臂伸展，抬頭閉眼，舒展的身體像此刻舒展的心。

天上沒有星星，心頭竟有繁星閃爍……安詳如老人，安詳如我心。

告別老人，繼續前行。路燈下，一位少年在練習跳繩，父親在旁邊幫助數數：「55、56、57、58、59……」一盞路燈，一對父子，與我無關，我卻留戀地回望，內心無限歡喜幸福。

人間有味是清歡，如今天這個夜晚。此心安處是吾鄉，城市裡的家園，是菩提，是一顆柔軟心。

換一種姿態見到更美的風景

做一個眺望者，是我一貫的姿態。而今天在一片寧靜裡，我更願做一個仰望者。因為眺望的誘惑，我必須揮灑汗水，盯著腳尖，心無旁騖地奮力登高。只有登高者曉得「一覽眾山小」是眼睛所見，「高處不勝寒」是心靈寫照。

九月，我踏進這片陌生的天地。隆冬又將至，我會不會像候鳥一樣遷徙？我想改變一種飛翔的姿勢，也許能看到更美的風景。

每天早上騎車帶兒子去上學，迎著東方，仰望一輪紅日在遠遠的地平線上徐徐升起，蒼宇如此遼闊，此刻和天地如此親近。有時，還會欣賞到飛機劃過的痕跡，白白的，長長的，懸在天際，如飄逸的絲帶。天空為背景，紅日為襯托，我和兒子都會仰起脖子，讚嘆這片絢麗。「媽媽，你看！真美！」兒子的話千真萬確。仰望天空，會欣賞到另一種別樣的景緻。

上下班的路上，閃爍的霓虹，寬闊的道路，我必經的那片明淨的湖。偶爾聽得飛鳥輕鳴，每次我都會用目光去追尋，希望能看到飛鳥的身影。有時鳥兒也會停在枝頭，梳一梳羽毛，朝我歪頭瞅瞅。我叫不出鳥的名字，卻感覺到無比親切。只要看到鳥兒的雀躍，心裡便會湧出莫名的喜悅。以一種平等的姿態去感受，內心便多了一份祥和快樂。

天鵝湖岸，是我和愛人帶孩子一起散步的地方。一直夢想擁有一片海，而今天這片澄澈的湖讓我安靜下來。春和景明，波光瀲灩，水面攢動著無數的光，如剪碎的金片，密密匝匝地灑在水面上，輕柔的風吹過，盈盈翩舞。

滿天星斗的夜晚，湖邊更靜了，偶見三三兩兩的行人。放眼四周，燈光多於星斗，極目更遠處，燈光和星光輝映。牽著愛人溫暖的手，看著兒子蹦跳引路的身影，停下來，指向燈火更深處，告訴愛人和兒子，遠望是憧憬，眼前是觸手可及的幸福。

換一種姿態，擁有真實與幸福。紀伯倫說：

天堂就在那
在那扇門後
在隔壁的房裡
但是我把鑰匙丟了
也許我只是把它放錯了地方

天堂其實就在手邊，就在你抬眼之處。願芸芸眾生，能活在屬於自己的人間天堂，熟悉的地方見到更美的風景。

誰念西風獨自涼

捧讀〈納蘭詞〉，被他的詞情縈繞，越發相信，納蘭的詞心與生俱來。上蒼悲憫，讓一顆早逝凡塵的星子，用另一種方式永存人世。

「家家爭唱〈飲水詞〉，納蘭心事幾人知？」他生在鐘鳴鼎食之家，過著錦衣玉食的生活，為何納蘭容若的詞裡，流淌的卻是排遣不去的惆悵與憂傷？在光陰的河流上，他淡漠春花，獨賞秋涼；他相忘繁華，貪戀清雅；他摒棄權貴，靜享禪緣硯香。

摘一粒星子掛在柳梢，憑欄，眺望人間蒼茫。

佇立在光陰的岸頭，溯流打撈三百多年前的一段青梅舊事。

情感路，傷心途。

他與青梅表妹十年的情愫心照不宣，彼此深知，隻字未提。「相逢不語，一朵芙蓉著秋雨。小暈紅潮，斜溜鬟心隻鳳翹。待將低喚，直為凝情恐人見。欲訴幽懷，轉過回闌叩玉釵。」所有心緒，他寄於詞中，誰解？字字成曲，吟於窗外飛絮聽。

他與青梅表妹的相逢應在七歲那一年。她被一輛馬車帶到納蘭府，人生只是如初見，相見一眼兩無猜。在懵懂天真的無憂光陰裡，在受人仰慕的納蘭府，兩人相伴長大。一個是纖塵不染，梨花帶雨，一個是俊朗優雅，清逸絕俗。人間的煙火飄縈不出童話，有情人無法踰越現實的鴻溝。父親納蘭明珠，位高權重的肱股之臣，母親覺羅氏，親王之女，他們怎會答應有著尊貴身分、受人仰視的納蘭府的長子迎娶一朵卑微的青梅？一個自小父母雙亡的可憐女，怎麼會端坐在牡丹爭豔的富貴門？

無法掙脫宿命的手，表妹被納蘭容若的父母送進了宮。十年清夢，還沒來得及開啟，就被掩上重重的門，冰封在永遠無法躍出的河底。

納蘭的傷，從此始，世間能夠醫治他的藥，唯有詞。

清秋冷月，追昔前塵，心事交於誰？那段刻入骨卻未開啟的愛，如三月被東風吹落的一樹潔白的梨花，片片殘章；如六月被夜雨打溼的一池聖潔的清荷，朵朵淒涼。再纏綿繽紛的枝頭，怎奈花期不慈悲，聲聲催逼，散入流水，隨波去……溫暖而殘忍，絕美而又痛徹心腑。挑燈展卷，涼涼清輝筆墨中。

「彤雲久絕飛瓊字，人在誰邊？人在誰邊？今夜玉清眠不眠？香銷被冷殘燈滅，靜數秋天。靜數秋天，又誤心期到下弦。」

「撥燈書盡紅箋也，依舊無聊。玉漏迢迢，夢裡寒花隔玉簫。幾竿修竹三更雨，葉葉蕭蕭。分付秋潮，莫誤雙魚到謝橋。」

兩首〈採桑子〉，相思遙寄月明中。一段未曾開啟的情，隨西風逝雲外，傷痕藏心頭，憑詞哀悼，冷月之下，幾點黃花滿地秋。

從此，納蘭容若心湖的某個潔淨溫暖處，長著一顆叫青梅的硃砂痣。

人不知生在權貴之家的他為何憂傷，他是詞人，有屬於自己的天宇，他可以端坐在自己的雲間，俯視蒼生。然而，行走在凡塵，掙扎不出被人間煙火灼傷的痛，徹悟，又何如？

後來康熙賜婚，納蘭娶了兩廣總督盧興祖之女為妻——一個安靜嫻雅、柔情似水、痴心戀他的女子。上蒼待納蘭不薄，他亦無法抗拒眼前這個清雅、溫柔、嬌媚的妻。然她亦知，他的心底永駐一個如梨花的女子。「軟風吹遍窗紗，心期便隔天涯。從此傷春傷別，黃昏只對梨花。」

痴情而善解人意的盧氏，依然用純粹高潔的愛溫暖著納蘭。納蘭也收藏起表妹，要好好善待眼前純美的妻。然世事難料，千帆過盡，流水依然潺潺去。三年相愛相牽的手，卻抵不過宿命之手的輕輕一招，盧氏在產下她和納蘭的嬰孩後，靜靜死在這個她願意把生命相交的愛人的懷裡，臉上是無悔無憂安靜的微笑。至死，她只把溫暖與微笑留給他。

納蘭，上蒼用右手給了他歡喜，左手又給了他更深的傷痕。她用溫暖為他縫補好的心，又被寒冰劃開。「淚咽卻無聲，只向從前悔薄情。憑仗丹青重省識，盈盈，一片傷心畫不成。」他想給她更多更深的愛，她應該擁有的愛。

然飛鶴去，夕陽沉，殘霜一地葉飄零。青衫溼遍，喚不回。

「人生若只如初見，何事秋風悲畫扇。」他本該縱馬放歌在天涯，帶著「身向榆關那畔行」的蕭蕭豪邁和男兒的凌雲壯志。然歲月的風塵沾上他的衣襟，蘸沉香，成詞闋。

「此夜紅樓，天上人間一樣愁。」納蘭攜詞，行走在他的憂傷裡。捧讀〈納蘭詞〉，我必信上蒼賦予納蘭與生俱來的詞心，也必信生命賜予納蘭纏繞繁華與淒涼的歷程，讓他的詞心、詞情在凡塵裡站立成一朵絕美而永不凋零的仙葩。

偶然間遇見你

若，第一次見到你，緣於無意間，我闖進了你的部落格裡。

部落格裡的照片，應該是真實的你，長長的髮，白色的上衣，若即若離的眼神，雙手交叉於胸前。

彷彿久遠地開在山谷裡的幽蘭，那淡淡的香，倩倩的影，在我的眼眸間飄轉。彷彿藏在心底追尋著的，一個帶著你這樣氣息的人，就在輕輕點選滑鼠的剎那，就在無意中的一個目光裡。

「光亮，就浮在水面上／在一場風雨過後／我陷入到起伏中／而此刻／你恰好撥動水流／雨水，從你的指尖漫出來／這些清澈的滋潤／會再一次地撫慰我。」這是你的詩句，躍動在我的眼前。你亦是一個愛寫詩的人，詩情若心。而此刻，你是恰好撥動流水的那個人，從你清澈的眼眸裡，看風雨隨流水遠去……你淺淺的笑意，如自在自信的雲。

耳際，是從你的音樂盒裡，流淌出的小娟山泉般悠然恬淡的民謠曲〈惦記這一些〉：「是否該結束，還是會再繼續，把一切都寫在胸口，靜靜地走過，在什麼時候，能夠再有一些關懷，讓我升起心中的太陽，一切都更美好。喔不要說，別說那角落太孤寂，雖沒有你的夢，也會有我的歌……」

傾聽著這彷若從大自然的懷抱裡流出的歌，可以讓心靈找到皈依。我亦喜歡小娟，喜歡她的純樸、真實和不加修飾的親切感。疲憊的時候，煩倦的時候，一個人的時候，聽她的歌，就是在傾聽渴望中純粹的美。若，你不認識我，我不認識你，而你給予我穿越時空的慰藉與釋然，你不知。

看著你若即若離的眼神裡有無法掩飾的憂鬱，微微上揚的嘴角定格下的是一抹淡然，竟然有一種恍若隔世的久遠，又有一種分明真實可感的微痛，開始在心底蔓延……那是歲月的無情與恩賜。

這個無語的你，感覺像某一時刻的自己，又像一位熟悉卻未曾謀面的友人。你若即若離的眼神就像握不住的光陰，你柔順軟軟的髮絲，竟如狠狠的鞭，揚起，抽打在悲喜交替的記憶裡。人生就在跌跌撞撞、起起伏伏裡，無可停歇地走下去。

看著你，讓我回憶；看著你，讓我眷念；看著你，讓我神往生命的美。「不需要加速╲春天的奔跑╲早已從薄冰下的消融就開始了。」你的神韻裡，有一種歷盡浮華後的淡定，有歲月沉澱在你容顏上的光輝。歲月帶走了我們的青春，也給予我們一份淡泊從容。

人世間奇妙的莫名的歡喜，誰能道出緣由呢?若，我在偶然間遇見你，心中充盈感激。也許我會再闖進你的世界裡，也許我會就此遺忘你，而你帶給我的一念歡喜，成此文。

第三輯　說出來，就是永恆

漫步深秋

記不得從哪一個秋季起，我痴迷上了秋季。

風高霜潔，雁啼南歸，層林盡染，枯葉紛飛。每一種景緻，於我都是上蒼恩賜的際遇。

這兩天，感觸到入秋以來從未有過的寒意。瑟瑟寒風中，方知秋要遠離。搬來日曆，回翻逝去的十月：寒露、霜降，屬於秋的節令，已在我的渾渾噩噩中，不見了蹤影。生命中金秋的十月，誰還能再翻得回？

「最是人間留不住，朱顏辭鏡花辭樹。」想那繁華的春花，夏日的濃蔭，怎奈這行色匆匆的秋季？

合肥多銀杏樹。那是我喜歡的樹木，斑駁蒼勁直挺的樹幹，葉如扇如雲。它春來抽芽，夏來繁密，秋來泛黃。那是一種純正的一塵不染的黃色，即使飄落，葉依然不乾枯，顏色不變褐，質地不變腐。我一直感嘆它是一種神奇的樹。

每天上下班，騎車碾在一地金黃色的銀杏樹葉上，我想停下來，腳步放得慢一些，再慢一些，讓一地金黃的銀杏葉圍繞我再做一次旋飛；或拾取幾片，珍藏成書籤；或停下來化作蝶，和銀杏葉躺在一起，憑風將自己捲沒在哪塊泥土裡。

可是，時間催著我啊，我不能停留，我只能騎車碾在落葉上，行色匆匆。來不及，來不及，我要趕做塵世中我該做的事。

「人生苦局促，俯仰多悲悸。」這般時候，樹與人，都應有屬於自己的無奈吧。

「人生只似風前絮，歡也零星，悲也零星，都作連江點點萍。」王國維簡簡單單的幾句，道盡人間浮沉。秋天，於歡者而言，看到的是春華秋實；於悲者而言，看到的卻是凋殘。而凋殘，更有一種震撼人心的力量。落葉殘陽，霜冷長河，衰草雁啼，我愛這蒼涼與凋殘的美，美到骨子裡。

不由得想起鄉村的夜晚，特別地美。秋天，能看到滿天閃光的星星，如清水洗過般晶晶亮亮的星星。人與天空的距離，可以縮短為咫尺。寂靜遼闊的夜空曾經離我很近很近，我可以隨手撫一下星辰。星空用它最原始的狀態與最真實的胸懷接納了我這個俗子。因為那份寂靜與純美，因為那份自由與自然，因為那份無猜忌的親近，我懷戀，我歌頌，永遠。

而今天，我不能放歌。城市裡，到處是泛著灰的高樓牆壁，月光隱藏，閃爍的霓虹遮住了星輝。

起風了，一個人漫步深秋……

一葉喚我心

初冬的黃昏，街燈下，我撿回一枚銀杏樹的葉子。燈下，細細端詳。你安詳地躺在我的手心裡，潔淨、厚實，依然泛著晶晶光澤，有哪一種落葉能與你相比？到底是一種怎樣的追求凝成你如此高潔的品格？

慶幸我行走的街衢站立著你挺拔的身軀，那是一種感召，也是一種激勵。每有憂傷襲上心頭，漫步在你敞開的胸懷裡，可知我心中萬千思緒：那是陶潛東籬下幾簇盛開的菊花，是濟慈歌頌的夜鶯，是梭羅澄澈的瓦爾登湖……這些，投影在你的黃葉翻飛裡。

在中國的經典裡我找不出你的名字，也很少有詩人去詠讚你，畫家的筆墨裡也鮮有你的影跡。你端莊地站立在腳下的土地，把濃蔭奉獻給行人，把清新奉獻給大地，把詩意和力量奉獻給愛你的人。舉目四望，蕭蕭寒風裡，還有誰像你一樣堅貞？

小時候，家鄉多梨樹，我喜歡過；村旁多白楊，我仰慕過；梧桐多花朵，我遐想過；松柏顯精神，我欽佩過；玉蘭青四季，花綻如白蓮，我感嘆過……這一地樹木，滿枝花朵，唯有你，牢牢活在我的心海裡，搖曳多姿，顧盼生輝，堅忍如石，傲然如山。

我善感的心啊，喚來真善美，在你的枝頭下，做一次相會，在古老傳說裡，傾聽你的神奇：二億五千萬年前，恐龍時代，你已經繁盛在中國大地，歷經滄海桑田，很多植物與動物都滅絕，唯有你，容顏未改，保持你最原始的面貌，端莊美麗地挺立在這多難又多情的人間。

樹木是大地寫在天空中的詩。你就是那古老傳說中的「神樹」吧！

春暖花開之際，你細葉嫩芽，玲瓏奇特；炎夏，你開啟扇面，風來輕搖，送來絲絲涼意；深秋，你撒下一片橙黃，宛如鋪開一條金色夢幻的地毯，繪出人間獨特的畫卷；冬季，你挺立著偉岸的枝丫，似與嚴冬鬥傲，充盈著倔強蓬勃之氣。

你從何處移來，落腳在這個城市？是否也如我一樣，曾有過眷戀的土地，割捨不下的記憶？既然選擇了站在這裡，你就努力地成長為自己。你始終用一顆樂觀而奮進的心，迎接風雨，走過四季。

燈下，掩葉深思，我心釋然。

世間的樹木千千棵，人間的風景萬萬種，做一棵快樂而奮進的銀杏樹，哪怕只是一枚小小的銀杏葉，隨四季歌唱枝頭或回歸泥土。情，不改其貞；志，不改其堅。

初冬的夜，一枚小小的銀杏葉，喚醒了我的心。

一棵樹

早晨起床開啟窗，剎那間，我被眼前的景象驚住了：昨夜的一場風雨，一夜間搖落銀杏樹金黃的葉！那躡手躡腳的風，那無聲無息的雨，只是一夜間，將盈盈一樹的金黃全部凋殘。

昨天，它還在日光下婆娑在我的窗前。

那滿地的落葉啊，溼淋淋地鋪展在石徑上、草坪間……「昨夜西風凋碧樹，獨上高樓，望盡天涯路……」目之所及，我彷佛看到那殘謝的枝頭，還萌動著簇簇嫩黃的芽兒，和我彼此微笑著問候。那第一縷春光裡萌芽的驚喜，還如此地清晰，你青翠欲滴的綠，你潑墨醉心的黃，交織在眼前，轉眼間凋零。想你深夜裡決然地飄飛，如霏雨，如我的淚，你只給我新生的驚喜，卻獨自承受歸入塵土的孤寂，留一地悽美，換我無語。

時光流轉，銀杏在枝頭輪迴四季。

在天鵝湖北岸，有我熟知的四棵銀杏樹。春天裡，我和早歸的鳥兒一起，在青石小徑上，歡欣在你濃濃生機裡；夏天裡，我和熒熒星輝一道，站在你腳下那方高高湖畔上，聽涼涼水面上傳來的歌；冬天裡，我曾踩著厚厚的雪，為了走近你，湖邊留下一行通向你的腳印……這個秋季，我還沒有來得及走近你，一夜風雨，匆匆將你潛入另一個冬季。

季節無情如此。

那些走過了的光陰，你不去理會，無語鋪展，以決絕的姿態安然於大地。留我獨自臨窗，用一個轉身做最後的別離。

怎能忘，剛來到這個陌生的城市，兩點一線的路上，不管是早上還是黃昏，我總能看到你安靜地屹立路旁。第一次行走在你的濃蔭裡，心底萌生一種感激；再一次行走在你的枝頭下，心底萌生一種無可言喻的歡喜。

在仰望裡，我讀懂了你輕盈葉片裡包裹著堅韌，滄桑樹幹中蘊含著豁達，春天的胚芽裡綻放著奉獻，秋天的落葉裡棲息著詩意，冬天的枯枝上孕育著希冀；也讀懂了你四季輪迴的樂觀和隨遇而安的淡然。

在那些孤獨奮鬥的日子裡，是你帶給我心靈的慰藉，排遣我無助的消沉，傳遞我一種力量。你是裝飾這座城市的風景線，也裝飾了一個人的心，在深深淺淺的光陰中，走進我的生命裡。溫暖封存記憶，感激永存心底。我和你一起，在這個溫潤而四季分明的城市裡，安一個家。

從此，愛上銀杏樹，用愛故鄉潔白梨花的情懷。從此，我的心頭總有銀杏的芬芳在流動，在淺唱。

在這個繁華而喧囂的城市，在霓虹和高樓的身後，總有一種潔淨的美，滌蕩我濁濁的心。流轉的光陰裡，我堅信，一個人和一棵樹可以成為知己，在彼此的陪伴裡，拂去疲憊，撿拾純粹，忘卻俗塵。

心在春行處

走在春光裡，仰望，看到銀杏樹抽出的第一縷青色，興奮與喜悅慢慢浸染，我的世界裡有春天流動的聲音。

這小小的輕輕搖曳出的青色，竟像我無數的夢，在漫長的等待與尋覓中，忽然，就在我仰望的一瞬間，全部兌現！幸福淹沒了我。一樹萌芽的嫩葉，成全了我渴望的雙眼。

我開始愛上這久違的春天。經歷了漫漫長冬，心在瞬間的感動中醒來。彷彿一個孤獨漂泊的遊子，輾轉無數個晨昏，看盡無數次花開與飄零，在一片浮雲的牽引下，登臨山頂，望到故鄉的身影，淚眼矇矓……即使行囊空空，依然有一個地方肯將自己收留。故土遙遠，收容我心處，是這一樹無語的生命色。

問自己，為何要如此執著，愛大自然的每一種顏色，每一棵樹木，每一道殘陽，每一次日出，每一片飄零，每一抹新生。愛到骨子裡，並堅信季節的每一個輪迴都棲息在我的靈魂深處。我的心靈，生長在泥土的風霜與芳香處。四季的風不必詢問我的悲樂，我自知她的喜憂。

在勞頓、煩瑣的人生中，我執意於詩意的生活，哪怕只能憑藉想像支撐。鳥兒開始丈量天空了。高高地、低低地或緩緩地飛翔，憑記憶找回曾經的枝頭，眷念未改，那是一棵可以讓它依賴的樹。一棵樹和一隻鳥，彼此等候，穿越凜凜寒風，穿越冷冷冰層，穿越遙遙征途。冬去春來，不忘不棄。

我將心情寄存在你的眼眸處，陽光下，你與我共同見證春天裡銀杏樹的第一抹新綠。我驕傲地微笑，銀杏樹在我預算的時日內悄然抽芽。你說，我快樂得像個孩子，我想我是一個快樂的小孩。我看到夢想在陽光的碎片下綻開了殷殷花絮，那朵朵花絮帶著我，散去雲翳沉沉的昨日，散去陰霾天空積聚的陰雨，走向單純的快樂、單純的滿足和內心的寧靜。

在三月的一片春光裡，聽見我的世界裡生命流動的聲音。

香樟的香

這幾日，我像著了魔，因香樟特異的香而沉醉。

香樟又名樟樹、烏樟、芳樟，是江南四大名木之一。樹幹筆直，樹皮粗糙但質地卻很均勻。樹冠廣展，枝葉如撐開的巨傘，在天空中畫出優美的曲線。像一位雄才大略的勃發青年，又像一位俊朗剛毅的沉穩智者，立於天地間，伸開臂膀凝聚濃蔭，庇佑人類，神韻凜然，氣勢雄偉。一年四季，鬱鬱蔥蔥，蒼翠欲滴。炎熱的夏，隨風輕搖的葉，給行人帶來愜意的清涼。

我的老家在北方，故土沒有這種樹木。留在我記憶中的，是故鄉的梨樹、槐樹、榆樹、梧桐、白楊、棗樹、楝子樹，唯獨沒有見過香樟。

而今在我生活的地方，院落、街道、公園隨處可見它的身影。那樹形和枝葉已夠我神往的了，更何況在初夏裡瀰漫著醉人的香！走近它仔細看，才發現在每一片樹葉的底端，長出一個細長的花莖，花莖頂部對稱著開出簇簇碎小的黃綠色的花朵。幾乎每一片葉下都會竄出一枝花莖，每一枝花莖的頂部都冒出繁密的花朵……那些小小的密密的花兒，掩映在蔥蘢的枝葉間，掩映在陽光和月華下，不仔細看，竟不知道香樟的花朵如此纖弱，如此精緻，又如此繁密！

難怪，當我走出房間，只嗅到花香，卻不見花在何處！

那晚在湖邊散步，因被濃郁的花香所吸引，我停下腳步抬頭仰望，在路燈橙色光芒的映照下看到閃亮亮的一樹，我瞪大了眼睛，竟一時間分辨不出哪是葉哪是花！一樹嫩黃、嫩綠，燦燦地在枝頭跳躍著、歡騰著……我的詞句遠不如一棵樹生動。

我整個人，沉浸在濃濃的花香裡。那香，比梨花要濃，卻不衝；那香，比槐花要甜，卻不膩；那香，比梧桐花要烈，卻清新。人間，有哪種花的香能如此純粹、幽遠、潔淨、高雅？那香是如此張揚，卻又如此含蓄！香樟把香散播在天地間，我徜徉在它的天地裡，閉上眼睛深深吸一下，五臟六腑，便全是它的香了，如痴如醉……

韶光流轉，傷逝物華。氤氳在光陰懷裡的香，終會悄悄散盡。只能用一粒一粒的文字，拈一季花香藏於紅袖，慰藉此心罷了。

我突發奇想，如果將香樟花採集做成香料，縫製成形狀各異的香囊，該是一件美事吧！

「香囊暗解，羅帶輕分」，是秦觀的離別惆悵；「憶當年，周與謝，富春秋，小喬初嫁，香囊未解，勛業故優遊」，是張孝祥的壯志嚮往；「小幾上卻擱著剪破了的香囊」，是林黛玉的委屈感傷。

小小的香囊，曾牽出怎樣過往的傷？光陰裡，誰的故事被繫在疏影橫斜的枝頭上？小小香囊，竟輾轉纏綿著如此的情，如此的傷。罷，徒增愁腸。

那香本是屬於天地自然的，何必占為己有？在香樟的世界裡，仰望一季凡塵高雅，用醉過的心，研成墨，揮寫一首無韻的詞，賦予一季樟木的香。

心靜好陪日月長

走出辦公室，校園裡陣陣濃郁的花香迎面撲來；走出家門，小區內陣陣濃郁的花香迎面撲來；散步天鵝湖，湖畔陣陣濃郁的花香迎面撲來！

是什麼樹木，如此慷慨地散播著自己的精華？

迎著香，我的目光在找尋——是香樟！辦公室後面、操場旁邊、小區的行道旁、湖邊的堤岸上、彎曲的石徑旁，到處都有香樟的身影！仰臉望著那一樹小小的、含笑綻放的黃綠色花兒，我欣喜又自責。這麼長時間了，將近五年了，每年的春夏之交，這些香樟都會餽贈它們的香，為何我竟從未在意過，從未貪婪地吮吸過，從未急切地想親近過，從未感激地注視過？

曾經的那些香都飄向何處了呢？身邊的美好，自己為何會渾然不覺地錯過了呢？

悔責像一根鞭揚起，抽在我堆滿塵埃的心靈上。香樟，你在這裡自顧自地生長，我像一隻迷路的鳥，不知哪天眼睛蒙上了紗，淡忘了你的模樣。這個春夏更迭的時刻，你用你奇異的香，喚醒封凍在我心底最真實的嚮往。仰望你俊逸的一樹繁花，原諒我，我愛你，卻遺忘了欣賞和表達。

閉上眼睛，靜享花香中的片刻安寧。我是屬於這裡的，屬於一棵樹，一季香，一個人的無限懷想。

今晚的星輝下，我散步在樟樹的清香裡。隨風又一陣濃郁的香，愛人伸手指向石徑邊那一排伸展在夜空下的樟樹，走近一棵觀望。映著橘橙的夜燈，樹上閃著黃晶晶的亮光，那黃晶晶的亮光，隨風輕搖，好像一不小心就會流溢出來一樣，一時間，竟分不出哪是葉，哪是花……面對此景，除了驚嘆、震撼、感動，我還能做些什麼？

前行間，迎面走過一位少婦，留下濃重的香水味，我問愛人：「這香如何？」「刺鼻，暈吐！」我笑，知道他聞不得這香水味，他也知道我聞不得這濃重味。人類費盡心機地想仿造出各種花的香和草的香，怎奈作坊裡的香，洗不去俗塵氣。

想那一生孤芳自賞與潔身自愛的屈原以香草自喻，並把自然香草與人品美德緊密地連繫在一起，「朝搴阰之木蘭兮，夕攬洲之宿莽」，「朝飲木蘭之墜露兮，夕餐秋菊之落英」。在修身、治國、輔佐君王的道路上，他以自己的獨特氣質撒滿了絢麗、浪漫、芳香的花朵，藉助香草表達了一位文人內心世界的一片淨土，和自己忠君愛國的赤誠之心。偉大詩人一定和偉大痛苦相伴。在那個特定的背景下，當詩人被迫離開國土、離開政治舞臺，不能一展抱負帶來的內心痛苦，全部傾注在無聲卻搖曳著生命之美的自然香草上！

香樟，我只知你四季的綠，卻不知你純淨的香。感謝這個春夏之交，感謝這個季節裡溫和的風，在某一時刻裡，讓我和我的心走得更近，讓我和我的愛走得更近。

「常綠不拘秋夏冬，問風不遜桂花香。泊名願落梅蘭後，心靜好陪日月長。」

此刻，聞香心靜，願以陪得日月長。

無法分享的生命

一個人，坐在深夜裡。

生鏽的思想慢慢褪去了鏽跡的顏色，我回歸到一個人的世界，一個只屬於我一個人的世界。喜歡在這種狀態下，把一個人浸潤在孤獨的濃液裡，品嘗生命的滋味。回憶，用文字；傾訴，用心靈。徜徉一片清靜與真實。

在這個時候，我不排斥任何一種心緒的到來，或者任何一種情感的到來。如涓涓細流，如涼涼月色，潛進臟腑。所謂的刻骨銘心，不過一念深情。喜或者憂，冷或者暖，笑或者哭，都是一個真實的自我。

生命，真好，可以享受快樂，可以感覺痛苦。此刻，任何一種心緒，都是人生的一種滋養。

可以站在天橋，看奔流不息的車流人群，可以看霓虹閃爍的人間燈火。在一片喧鬧與流光溢彩裡。

這流動的一切不屬於我，我也不屬於這流動的一切。走近繁華，全是陌生，擁擠，芸芸眾生。你和我，都是城市過客，行走在這個城市強烈律動的心臟。

喜歡清新的自然，隨四季枯榮的草木，是我心靈的皈依地。天空的遼闊，海水的幽藍，秋天的落葉，冬日的白雪，春天裡蝴蝶對一朵花的纏綿，於我，都生長出無限的眷戀。

漫步田野，成為我的一種習慣。

在冷漠的城市間，經常懷戀田園。我曾一個人騎車，跑很遠的路，尋覓一條河，一片樹林，一座山，一片田野。坐在某個時間裡，想家鄉嬌豔又隱逸的桃林，梨園開滿潔白絕世的梨花……

獨自漫步在晨曦、傍晚、初春、深秋、雪天。每一種景緻裡都刻著我的眷念，每一種眷念裡都滋生出一股力量，那是生命的召喚。

於是會痴狂地愛上一棵樹，視它為知己。我堅信樹木能夠聽懂我的語言。無法走出困惑的時候，我總是走近它，在仰望裡向它傾訴。曾經在它濃濃的樹蔭下嘆息，也曾經在它挺拔的身軀下含笑不語。

樹的四季，深深扎根在我的心底。我想，我是活在它的眼裡了，它已牢牢活在我的心裡。

一個人的世界，很美。

獨坐，一個人的世界。

一株柔軟的芽，從月光的碎片處開始生長。忽然，很渴望這城市的每一個硬硬的角落，都能萌發出這柔軟的芽，讓同樣孤獨的人，可以微笑著憧憬。

生命，終究是一個人的，無法分享。

簡單方得自在

四月初，一個週末的早晨，我在廚房準備早餐，抬眼間，無意看見窗外銀杏樹的枝頭，閃爍著新綠，我驚訝：「天哪，它發芽了！」於是，奔到客廳，推開窗，「天哪，它真的發芽了！」一簇一簇的嫩綠，鋪滿了枝頭！

抑制不住內心的喜悅，奔至樓下，抬頭仰望草坪上挺立的三棵高大的銀杏樹，枝頭閃爍著新綠！又前行，小區大門兩側直立的銀杏樹，也都抽出了新芽！站在樹下，驚訝、感嘆：每天穿梭在它的枝頭下，我竟渾然不知啊！

行走在春天裡，看不見春天的美。此刻，立在這一樹新綠下，我開始慚愧。

每天行色匆匆，上班下班，竟不知身邊這樣的好風景。我們總是在忙，為了工作？為了生活？為了一份責任？為了人生的價值？可能連我們自己也說不清楚忙碌的意義了。

黎巴嫩著名詩人紀伯倫曾經感嘆：「我們已經走得太遠，以至於忘記了為什麼而出發。」

春天裡的花香鳥語，夏天裡的蟬唱蛙鳴，秋天裡的葉落雁啼，冬天裡的白雪風嘯，這些大自然的餽贈，我們無法去欣賞和傾聽的時候，我們的心智已經患上了殘疾。

莊子〈逍遙遊〉裡，有「堯讓天下於許由」的故事。許由是傳說中的隱士，堯打算把天下讓給許由，許由不接受。他做了一個經典的比喻：「鷦鷯巢於深林，不過一枝；偃鼠飲河，不過滿腹。」意思是，一隻小小的鳥兒，即使有廣袤的森林讓它棲息，它能築巢的也只有一根樹枝；一隻小小的鼴鼠，即使有一條浩浩湯湯的大河供它暢飲，它頂多喝滿了它的小肚子而已。想想我們人又何嘗不是如此呢？一日三餐，一輩子能吃多少飯？睡覺一張床，能占用多大面積？

有人問佛祖：「什麼叫做佛？」佛祖的回答是：「無憂是佛。」那麼，怎樣才能無憂呢？我覺得還是兩個字：淡泊。

鷦鷯、鼴鼠的淡泊，是一種境界，是不為物役的簡單和自在。淡泊可以減輕人生負累，讓心靈得以休憩。

能不能看到大境界，在於我們有沒有安靜的心靈，有沒有智慧的眼睛。真正的大境界，用莊子的話說，叫「磅礡萬物以為一」，精神超脫，樹立天地情懷，將自然萬物融合為一體。

淡泊，方能靜下心來，放慢腳步，親近自然之美。生活的道理，人生的境界，還可以透過閱讀的累積和人生的體驗，從生活中的最細微處去發現、去感悟。

豐子愷先生曾經講過，人的生活可以有三重境界，一是物質生活，二是精神生活，三是靈魂生活。

每一個人在現實生活中，守規則，有職業，順應很多的要求，這是完成了物質生活需求。和二三好友，一起聽聽音樂，品品詩詞，啜茶傾談，完成一種文學的陶冶、藝術的享受、美的分享，獲得一種愉悅與滿足，這是一層精神的生活。人生至高的境界是一種靈魂的生活，它是安靜時對自我的一種審視與內省，是孤獨，是一種對生命本質深刻的思索與體悟。

如果說科技、哲學、藝術是支撐一個高尚人的三種修養，那麼人在掌握自己專業的同時，還要注重自己各方面的修養，讓自己的審美、情操、精神走向更高的境界。

怎樣獲得這三種修養，不斷完善自我呢？我認為最直接可行、最獲益的方法，就是閱讀——不是閱讀時下流行的東西，而是閱讀經過時間的考驗，大浪淘沙積澱下的經典著作。

當代學者周國平一生最大的愛好就是讀書和寫作，但他是將讀書放在首位的。他說：「有時候我還覺得，寫作侵占了我的讀書的時間，使我蒙受了損失。寫作畢竟是一種勞動和支出，而讀書純粹是享受和收入。我向自己發願，今後要少寫多讀，人生幾何，我不該虧待了自己。」可以看出他的讀書生活已經是一種人生境界。他認為從一個人讀什麼書，就可以看出一個人品味、思想、境界之高下。他提倡讀書就一定要讀名著。

朱永新說：「一個人的精神發育史就是他的閱讀史；而一個民族的精神境界，取決於這個民族的閱讀水平。」

閱讀，可以帶給我們精神的愉悅、靈魂的安頓。現在有多少人能夠坐下來，審視一下自我，問一問：「我到底需要的是什麼？我內心追求的是什麼？我的愛好興趣是什麼？什麼才能讓我真正快樂？」即使有人能夠追問自己的內心，他同時也在被這個社會裹挾著身不由己地前行，有多少人能夠在其間堅持著一個本真的自我？

弘一法師有一個「人生鹹淡兩由之」的小故事。1925年初秋，弘一法師因戰事而滯留寧波七塔寺。一天，他的老友夏丏尊來拜訪，看到弘一法師吃飯時只有一道鹹菜，不忍地問：「難道這鹹菜不會太鹹嗎？」

「鹹有鹹的味道。」弘一法師回答道。

吃完飯後，弘一法師倒了一杯白開水喝。夏丏尊又問：「沒有茶葉嗎？怎麼喝這平淡的開水？」

弘一法師笑著說：「開水雖淡，淡也有淡的味道。」

這是一種豁達超然的人生心境。逆境之中，恬靜從容，安之若素；順境之中，品得味道，自得其樂。當一個人的心境褪去浮華的外衣，回歸到簡單樸實，回歸到生命最初的需要，在淡泊中靜享生命之光普照的快樂的時候，便可以享受一種人生的境界。

洗去浮華，褪去名利之慾，方能靜下心來，親近閱讀，讓心靈得以從容，走近高貴。那一片風景，那一部經典，一直在為你守候。

語不如默

連續三天，溫度一路上升，跟隨季節來至春天深處。

炫目的光，湖邊的草地上，孩童奔跑的腳步，天空飄揚的風箏——濃濃的春天的氣息。

漫步湖邊，一切是我熟悉的風景。三五鳥鳴，不見行蹤，流水退去，卵石裸露。登臨岩石，望碧波盈盈處，行船遊人，笑語隨風散水中。

我不用想腳下要走的路，憑心情漫步我熟悉的青石徑。小橋下已沒有流水聲，柳樹還有些許枯葉糾纏枝頭，但已擋不住新抽的柳芽的歡騰。水邊的一株玉蘭花，花苞含羞張開眼睛，張望著與春風相擁。

前行，一如行走在一幅記憶的畫卷中。前方，是我熟悉的四棵銀杏樹，還有我站立過的湖堤最高處。行至此，遠處的街燈，依次點亮在暮色四合處。

看到樹，如看到一位相知的朋友。我心懷喜悅，依然如第一次看到它們一樣，一棵、兩棵、三棵、四棵——四棵樹還有它們腳下站立的土地，變成我無法言語的朋友。

春光裡，銀杏樹的葉芽如一粒黃豆般大，圓鼓鼓的，笑盈盈的，彷彿三分鐘熱風來，立刻就會炸出片片神奇的綠來。仰望時，銀杏樹每一枚葉芽彷彿都化作甘泉，汩汩流淌在我的心田。此刻，我的心田融進它生命的瓊漿，它生命的瓊漿潛入我殷紅的脈管裡。

我的銀杏樹，每次，走近你舒展開的那片天空，我總會投去關注的目光。你雖然不語，然我心靈所有的語言你都能聽懂。走近你的身旁，就是走進自我心靈的天地。一個人，愛上一棵樹，這不是傳奇。生命，可以用心靈交流。

今天，再一次看到你，我驚嘆不已。原來，一隻鳥兒將巢安放在銀杏樹枝頭！我含笑仰望，看著鳥巢奇特的形狀，想它是怎樣尋覓枝丫，飛上飛下，一根一根銜來，用上百根長短不一的枝條搭建成神聖不可侵犯的家園。良禽擇木而棲，這必定是一種智慧的鳥兒。我等待著，希望能一睹鳥兒的容顏。徘徊流連許久，依然不見它的出現。我想，它定是飛回南方，迎接它的伴侶或兒女了吧！擇湖而居，擇木而棲，善哉！

期望有一天，我能和鳥兒不期而遇，成全一份緣。

站堤岸高處，望蒼茫邈遠。「擇高處立，就平處坐，向寬處走。」用清淨之心看世間，世間即清淨；用平靜之心看萬物，萬物皆超然。

不管時光如何變換，不問季節如何更迭，回歸自然，人生多一份自在。心間擁有一泓清泉，人生多一份悠然。

語不如默，語言能表達和證明的太有限了。如果生活擁擠，沒關係，一個人一棵樹，足矣。

大地的深情

早春二月，綿綿細雨包裹著合肥城，天依然寒冷，兩週多了，一直是陰雨。守護著四季的植物，被洗滌得油亮亮的。踩在乾乾淨淨的柏油路上，四周是瑟瑟的冷，感受不到泥土的鬆軟，感受不到一絲春的氣息。我用眼睛尋找著，細瞧處，猛然發現冬青的枝尖上，枯樹的臂膀上，草坪的叢雜處，已冒出無數新生的嫩嫩的芽兒！無聲卻有形。我被這小小的芽兒震撼了！陰雨中，這晶晶亮的、翠翠的、嫩嫩的芽兒，多像睡在媽媽懷裡的一個嬰孩。我欣賞夏天枝繁葉茂的濃蔭，欣賞秋季層林盡染的奇異，欣賞冬歲雪花飄舞的輕盈。而此刻，面對這寒潮裡的新生，竟深深感動，並油然而生一種敬畏之情。

陰霾不開，大地讓萌芽如期而來。

當我還穿著厚厚的棉衣，渾渾噩噩等待春天的時候，大地已如奔騰的激流，將消息傳遞給每一個在它肌膚上扎根的孩子，告訴孩子：不管怎樣的天空，都要如約赴自己花開的時令。

大地彈奏著生命的曲調，風開始變得柔軟。我只把眼睛盯向陰晦的天空，卻不知地下如潮水般洶湧。

天鵝湖畔，湖依然清瘦，它敞開胸懷迎接雨腳的鼓點。此刻，它還在酣睡吧，雨有沒有踩疼湖水的夢？

一湖春水撐寒空。我撿起一枚小小的卵石極力投向最遠處，送去我的問候。沒有比湖更寬容的了，不管是急的雨、暴的風，還是驕陽、寒流，抑或夏天裡的水漲、秋天裡的水消，它都用靜默的胸懷一一接納，然後將自己變成美麗風景，交給前來觀賞的眾生。人們對著它沉思或放歌，它像大地一般沉默，歡樂的人看著它歡樂，憂愁的人看著它憂愁。

石徑邊一株我叫不出名字的紫紅色的小花，開了，敗了，花蕊殘留。它不懂我的憐惜，我自懂它的飄零。它太弱小了，在這早春的寒雨裡，它悄然燃燒，用落在地上的花瓣，宣告著生命的存在、春天的到來。

每一個季節都有綻放的花朵，每一個生命都有絢麗的色彩，大地的深情，寫滿人間。

第四輯　彼岸是故鄉

就這樣，埋下一顆種子

小時候，整日在田野瘋跑，春夏秋冬，跑著跑著，把自己跑成了一株草，一朵花，一棵山坡上的樹，一條石橋下的小溪流，一塊溪流中的小石子，一條自由自在的魚……

我出生的地方，平原遼闊，田地環繞，房屋錯落有致。村莊南邊是一條河，河的南岸是一望無際的梨園。家鄉盛產酥梨，說起碭山梨，已有千年歷史，因其皮薄個大，汁多味甜，酥脆爽口，還有潤肺止咳之功效，被譽為「果中甘露子，藥中聖醍醐」。古時候，碭山梨作為貢梨進貢給朝廷。

梨樹春季開花，夏季蓬勃，秋天收穫。

每年四月，梨花盛開的季節，家鄉就是花的海洋。朵朵潔白的梨花綻放在枝頭，肆意張揚。花朵有的疏，有的密，有的淡雅，有的濃烈，每一朵花都綻放出最美的樣子，用這種方式宣告自己的存在。當面對一朵花的時候，可能會心生憐愛；當面對這一望無際的花海時，彷彿身在夢裡，心中升騰起一種歡愉滿足，一種無可言說的輕盈。

梨花用它的筋骨和花魂為塵世營造一個飄渺而純淨的境界。

這時候，大人們是忙碌的，因為要人工授粉，程式極為講究。先要收集花粉，從梨樹枝頭上選取開得濃密且大瓣的花朵摘下，鋪一張白紙輕輕搓捻出花粉，放在溫暖乾燥的房間內烘乾。烘乾後，花粉分裝在小玻璃瓶裡，帶到梨園授粉。那可是一件細緻的慢功夫活，要選用長短不一的細竹竿，一頭固定上削成三角形的橡皮頭，蘸上花粉，站在樹下或爬上樹幹，用蘸上花粉的橡皮頭點在花蕊上，一朵一朵地點……小孩子只能看，幹不來這精細的活，就在梨樹下歡騰。

學燕子斜飛，仿鳥雀築巢，觀螞蟻覓食……這眼前的花與飛禽小蟲就是我全部的世界了。瘋累了，就躺在鬆軟的土地上看天空，或爬上梨樹，尋一處粗壯的枝幹曲肱而枕，閉上眼，臥聽清風拂過林木的輕響。此刻，心中升騰起一種歡愉滿足，一種無可言說的輕盈。

像這樣歡愉滿足的時刻有很多，垂柳依依的石橋上，蒲公英開遍的田間，夏日蛙鳴的小河邊，繁星閃爍的夜晚……那一份質樸與純真，「天地與我並生，而萬物與我為一」，那是生命最初最好的狀態。就這樣，在故鄉的土地上，生命染上泥土、天空和溪流的顏色。

就這樣，在故鄉的梨花園、田埂上、小河邊，我的心中埋下一顆種子，一顆萬物平等的種子。平等即是愛，愛一棵樹，愛一朵花，愛一條河，愛一隻小小的閃閃發光的流螢……

那片迎春花

早春二月，迎春花如期綻放，搖曳枝頭，釋放出自由、奔放與信念。

那朵朵小小的黃燦燦的花兒，像無數蓄勢待發的船帆，只要三分鐘熱風來，便可駛向夢想的彼岸；又像無數振翅欲飛的鴻雁，只要一聲呼喚，便可衝向純淨的藍天；像顫抖在晨光裡的露珠；像久別重逢時無言而泣的眼。每一朵小花裡，彷彿蘊藏著無窮的力量，輾轉在冬去春來的時光裡，用開花的快樂，彈唱生命的誓言。

思緒隨著肆意綻放的黃花，走進記憶，走進故鄉宿州，我生活過的城市，我居住過的家。最初，在我居住的小院東牆上，每年的春天，也會開滿迎春花，那些久逝歲月的光輝裡，總有對它抹不去的思念，雖輕盈，只要一想起，就會緊緊縈繞在我的心頭。

後來拆遷，花隨老房子一起消失了。

搬進新家，我住進寬敞明亮的樓房，從此，再不見迎春花的身影。對於植物的喜愛，好像是我與生俱來的一種本能，是我生命裡流淌著的一條清澈的小溪。樓房寬敞明亮了，小巷一如從前，熱鬧、喧囂、擁擠，依然是人流，是商品。我從花市挑選了自己喜愛的盆景置在居室，聊慰我因迎春花的消失而悵然的心。

我住的那條街的名字叫大河南街，在宿州城也算是最繁華、最古老的一條街巷了，我在那裡居住了十五年。

如果現在問兒子：「最懷念大河南街什麼？」他會不假思索地回答：「那裡的小吃。」如果讓他想一想再回答，他的答案依然不變：「小吃！」小吃成為兒子童年記憶的一部分，也是大河南街留給他最初、最美好的記憶了。單憑這一點，大河南街就是最具有煙火氣息的地方。

當第一縷晨曦還沒有升起，小巷用誘人的香，開啟新的一天。

那縷縷晨煙，升騰起人間最溫暖的畫面。賣早點的人在天邊星子還沒有墜落的時候，就開始忙碌了，天微亮時，任何一個早行的人，都可以在這裡買到自己可心的早點。聽聽那些名字，就夠讓人嘴饞的了：香軟的小籠蒸包、外脆裡軟的煎餃、雞蛋灌餅、可以和比薩媲美的酥油餅、黃燦燦的油條、沾滿芝麻粒的燒餅、飄著豆香麵香的粥、雞湯豆腐腦……賣早點的人，熱情地招呼著，臉上總掛著親切、憨實的笑。中午和晚上就更豐富了，麻辣雞、鐵板燒、麻辣串、麵皮……說到麵皮，那算是天下最道地的了，薄薄的，亮亮的，軟軟的，口感非常筋道，配上黃瓜絲、海帶絲、燙熟的綠豆芽、碾碎的花生米、芝麻鹽，喜歡吃辣的話，加上誘人的油炸紅辣椒，可切好盤裝涼拌，可捲起來拿著吃，那味道叫一個純！在合肥再也沒有吃到過這般純正的麵皮了。

所有具有北方特色的小吃，在這裡應有盡有。

這條小巷具有濃厚的人文氣息。大河南街45號，是一座具有百年歷史的基督教堂，人們習慣叫它福音堂。剛到宿州時，我就住在福音堂的對面，每個禮拜都能聽到《聖經》的誦讀聲，內容雖聽不清楚，但那種特有的超然音韻，有一種獨具魅力的美和打動人心的力量。

我不是信徒，但禮拜天福音堂的大門是向每一個願意進去的人敞開的，我偶爾進去過，被那種場面震撼：肅穆、莊嚴、虔誠，每個人手捧經書，或跪或坐，誦經聲縈繞在房頂和每一個角落，在歌聲裡，信徒們是那樣安詳和幸福。那種祥和會深深浸潤在場的每一個人，此刻他們所有的苦惱，生活的失意，都隨歌聲飄向窗外，飄向雲天了吧。在一種忘我裡，走向心靈的純淨和精神的愉悅。

大門外，是熙熙攘攘的人流、菜市、小吃、商舖；大門內，是一處潔淨、純粹的精神家園。

物質和精神，庸俗和高尚，生活和信仰，在這裡，隨時光一起慢慢沉澱，大門之內和大門之外，是這座城市、這條街巷的兩根動脈。流轉的光陰，變換的人群，伴隨在城市上空的日月星輝，是它永遠不竭的新鮮血液。這條街巷是一位滄桑的老人，又是一個強健的青年。那份獨特，只有腳踩在它的大地上，觸控到它脈管的搏動，休憩在它溫暖的胸懷裡，用一顆愛它的心，才能深刻地感受到。

福音堂，不能不提到一個人——賽珍珠，一位美國作家，被身為傳教士的父母帶到中國。賽珍珠在中國生活了近四十年，她把中文稱為「第一語言」，把曾經生活過的鎮江稱為「中國故鄉」，福音堂是她在宿州的故居，作為一段歷史和記憶，「賽珍珠故居」至今保留著。

賽珍珠對中國和中國人民懷有深厚的感情，她曾在自傳裡以飽蘸深情的筆觸說道：「在南徐州（今安徽宿州，因靠近蘇北重鎮徐州，又稱南徐州）居住的時間越長，我就越了解那些住在城外村莊裡的窮苦農民，而不是那些富人。窮人們承受著生活的重壓，錢賺得最少，活卻幹得最多。他們活得最真實，最接近土地，最接近生和死，最接近歡笑和淚水。

走訪農家成了我自己尋找生活真實的途徑。在農民當中，我找到了人類最純真的感情。」

在宿州生活的四年多時間裡，憑著對宿州這片土地上人民的深厚感情，她經常到周邊農村，走進農家和田間地頭，親近農民，了解農民，以一個外國人特有的感情，深刻地描繪了舊中國農村和農民的生活，並相繼發表《大地》三部曲：《大地》、《兒子》、《分家》。其中《大地》寫得最經典，「她對中國農村生活所作的豐富而生動的史詩般的描述」，讓她榮獲了普立茲小說獎和諾貝爾文學獎。賽珍珠成為迄今唯一因寫中國題材榮獲世界性文學獎的外國作家。

宿州古城和宿州農民成就了賽珍珠。大河南街福音堂，因為賽珍珠，承載著一份文化底蘊。

這座城市不會記得我，但我再也無法忘記這座城市。

在所有我生活和成長過的地方，一條河流，一片樹林，一個村莊，一座城市，一條街巷，一首歌曲，一朵小花，我都常常懷想，純粹、簡單、自然、真實，用一顆柔軟的心。那些揮之不去的，都曾經是人生中最美或最痛的記憶。

我是一個喜歡靜處的人，為了尋安靜，我家的窗戶，又安裝了一層隔音玻璃。但有一種聲音，我不會拒絕。

當天空飄起雨，我會推開窗，站在窗前，聽雨。在城市的房屋、青灰的馬路、賓士的車輛、店鋪前的雨篷、電線桿上，在行人的傘上、雨衣上，在沒有來得及歸家的鳥雀身上，所有雨能夠敲打到的這個城市的地方，我都能夠聽得到它的聲響，聽得到它咚咚咚的心跳，聽得到它肆意揮灑的舒暢和不必拘泥的快樂。雨聲敲打這個城市特有的音響，雖然輕，我卻全部能夠聽得到，能夠聽得到它的美妙！此刻，我的世界是喧囂的，喧囂裡又可以安靜地想。

開啟窗，循巷望去，五顏六色的傘，像點點繪了色彩的雲，在深深淺淺的小巷裡綻放。

此刻的小巷是屬於自然的，又是屬於人世的。此時此景，兩旁的樓房在我的眼前幻化成青山，流動的人群幻化成江水，窄窄長長的小巷幻化成行船，「春水碧於天，畫船聽雨眠」，我在煙雨中，我在船上，船在水中。我喜歡這樣的一個人的世界，一個人獨自的安靜。欣賞著這古樸街巷裡裹藏著的濃濃的人間煙火的味道，那些纏繞著雨絲的不願吐露的憂傷，輕輕飄盈在小巷的上空、樓頂和窗簷上。

春天來了。郊外，陽光照在鬆軟的泥土上，空氣中蘊含著青青麥苗的香。公路旁，田野中，山坡上，河岸邊，點點被綠染。誰能阻擋這春天裡土地上草兒的萌芽，枝頭上花兒的開放？這個從殘酷的嚴冬裡流瀉出的優雅的春天，在河之陰翻開昨天：

宿州市南有陳勝、吳廣盟誓誅暴所築的涉故臺；北有劉邦避秦兵之地，已被評為國家級森林公園的皇藏峪；東有垓下古戰場、虞姬墓；西有李白飲酒賦詩的宴嬉臺；中有白居易寓居多年的東林草堂，黃河古道從這裡穿過；孔子弟子閔子騫是宿州人，李白、韓愈、白居易、蘇軾等飽學之士都曾遊歷於此。

這個春天，在片片萌生的無限綠色裡，在層層積聚的無窮力量裡，我又聽到陳勝「燕雀安知鴻鵠之志哉」的對天發問；聽到項王「力拔山兮氣蓋世，時不利兮騅不逝，騅不逝兮可奈何，虞兮虞兮奈若何」的慷慨悲歌；聽到閔子騫「鞭打蘆花」的訴說；聽到白居易「野火燒不盡，春風吹又生」的吟唱。那些名字、那些故事和那些詩句，隨春天，植根在宿州的土地。

我再不會倚在曾經的那扇窗，賞雨中的那條巷。對宿州的記憶，就像無法改變的四季。開啟的時候，如綻放的迎春花，翩然在早春溫暖的陽光和燦然的星輝下。

藏在麥粒裡的愛

每年麥子收穫的季節，家裡大大小小的幾口缸裡，便堆滿了黃燦燦的麥子。被驕陽晒透的麥粒帶著濃郁的麥香，個個像喝飽蜜的孩子，親暱地滑過父母的十指，乖乖地躺在麥缸裡。

收糧歸倉後，農民的心裡踏實了。日子雖然過得平淡清苦，但生活裡瀰散著麥粒的香和一隻紅蘋果的味道。

我小時候生得瘦弱，常生病，媽媽總是想盡一切辦法為我補些營養。一次哭鬧時，媽媽牽著我的手，穿過堂屋，走進排列著大大小小麥缸的屋子，停在中間稍大的麥缸前。媽媽為我擦去眼淚，臉上帶著神祕：「來，用手扒扒小麥，看裡面有什麼！」我不情願地岔開十指伸進麥粒，很快麥子的溫熱與親密讓我忘卻了不快。我從來沒有和麥子如此親近過，麥粒間竟然有陽光的溫度！「媽媽，你摸！麥子溫乎乎的！」

媽媽伸出一隻手撫摸起麥粒，麥粒也撫摸著我們的手。我和媽媽笑著，幾縷陽光透過窗照進來，灑在房間裡。

「來，再向下點，看看有什麼！」媽媽用一隻手臂抱起我，我整個身子幾乎都要伏在麥缸裡，我的手觸到了一樣東西！當我漲紅了臉，雙手抱出一隻紅蘋果時，驚喜與興奮占據了我的心田。

洗乾淨一口咬下去，甜甜的果汁順著嘴角流下來……我全然不知身旁的媽媽用一種怎樣慈愛的目光，注視孩子幸福的樣子。

那時，能吃上這樣新鮮的水果，也算是一種奢侈了，須逢七天一次的集會才可以買得到。不管生活多麼艱辛，媽媽總會用愛製造驚喜。

後來，麥缸成了儲存蘋果的地方。「去麥缸裡拿蘋果！」這是童年裡，媽媽留給我印象深刻的一句話。那枚象徵著幸福的紅蘋果，溫暖了歲月。

雖然至今我也不明白媽媽為什麼會把蘋果藏在麥子裡，但我知道，那是母親用最單純的愛，為我留下的最美回憶。

藏在麥粒裡的愛，一生溫暖。

閃光的記憶

今天，去妹妹家。母親抱著妹妹滿十個月的嬰孩，為我開門。

就在門開啟的那一瞬，我看到母親滿頭白髮，笑意盈盈，寶貝似的抱著妹妹家嬰孩。那一瞬，時光彷佛穿過一段滄桑歲月：母親曾經不就這樣寶貝似的抱著我、抱著弟弟、抱著妹妹，站在門口，等父親進入家門的嗎？

耳邊又迴響起母親與父親的一次談話。母親的一句話，印在我的心底：「跟你過一輩子，就落得三個孩子。」這句話，是母親一生的幸福，也是母親一輩子的辛酸。那是一個女人從青絲到白髮，從皮膚光潔到滿臉皺紋，從希望到失望又到憧憬，所有的痛與累、喜與悲、笑與淚交織的無法重複的光陰。

母親，三個孩子，就是您全部的精神寄託嗎？

多年之後，我讀懂了母親。在那艱難的歲月裡，她用一個女人柔弱的肩頭，用一個母親堅強的心，支撐起家的含義。

我的文字已無法成全母親的內心。是什麼支撐她從那個荒涼、貧困的年代裡，從無休止的勞作中活下來？歲月會風乾一些記憶，而有些記憶是烙在心靈裡的。對母親而言，苦難的生活已沉澱成一潭澄澈的水，心已淡然無雨。

童年的我和母親的相處雖然斷斷續續，但母親給我的影響和留給我的記憶，總是閃光的那部分。

母親是一個愛乾淨的人，每天早起第一件事就是把屋裡、庭院打掃得乾乾淨淨，然後燃起溫暖的炊煙。她割草、餵牛、拾柴、擔水，她耕耘田地、收穫穀米，她侍奉公婆、照顧妹妹弟弟，她是長嫂，卻盡著母親般的責任。

母親，那荒涼的土地上有您灑下的汗水，那蔥綠的秧苗、黃燦的玉米是您付出的回饋。

除了勞作，母親心底裡有一道溫暖的光。她有愛書的情結，農閒時，她從不去串門，和別人說張家長道李家短；她就陪伴我看書，那時，家裡幾乎沒有什麼書，母親總是有辦法弄到。兒時，我有好多連環畫，讓小夥伴們羨慕不已，唯妙唯肖的繪圖配上生動簡潔的文字，我看起來愛不釋手，母親也常會講給我聽。不經意間，母親愛書的情結已播撒在我的心田。直到現在，一有空閒，母親總會戴上老花眼鏡，坐在窗前、燈下，拿起報紙或者一本書，很投入很投入地看。那一片光亮，也許，就是她心靈的明燈。

母親，您在讀那些文字的時候，那些文字也在閱讀您了。在艱辛的生活中，您選擇了一種將心靈寄存的方式。

現在，每當看到滿頭銀髮的母親小心地戴上花鏡，愛惜地拿起一本書看的時候，我心中有歡喜，又有一種被玫瑰的刺紮在手上又傳到心上一樣的疼。我說不出這種疼是為了什麼。

不管行走在怎樣的境遇裡，母親的世界裡永遠有一片光輝。

行走在時光裡，母親的心頭有歲月撒下的光輝。母親把生命凝聚成一種信念，把生活化為歌唱的流水。抬眼處，那是她為自己，為我，為家，支撐起的一片光明的天空。

唯有那一方天地不可忘卻

一排整齊的教室，一方平坦的操場，一行挺拔的白楊，陽光灑下，風吹著樹葉沙沙作響。那一方天地，如一幅唯美的畫卷，印在心底，不可忘卻……

那是一所鄉鎮小學，外公在那兒任教，我跟隨外公在那裡生活。一年的時光，快樂無憂——純真的小夥伴，光滑的小石子，高大的白楊樹，琅琅的書聲，微光中的晨練，夕陽下的漫步，還有每天都要吃的外公做的手擀麵……

最難忘的是那盆光滑的小石子，是小夥伴們從田間地頭或路邊撿來的，大小如蠶繭，均勻有致，花紋各異，在那個年代也算是我和小夥伴們最有趣的遊戲玩具了。

有一種玩法，是一隻手掌託兩至三個，抖動手腕，彈起一個，落下的一瞬間，另一個又彈起，第三個緊接著彈起。彈起、落下、彈起，三個小石子錯落有致地彈出手掌心，讓人目不暇接，簡直像流星雨！技藝好的，還可以雙手同時彈起四五個，讓圍觀的小夥伴歡呼讚嘆。

還有一種玩法，就是兩人對坐丟石子，所得石子多者為勝利方。

一個一個的小石子，竟有無窮的魅力。我和小夥伴常常玩到夕陽西下，夜幕降臨，才戀戀不捨地各自散去。

還有外公為我搓捻的跳繩，親手為我縫製的沙包，用漂亮的雞毛紮成的毽子，拴在兩棵白楊樹上的鞦韆，操場上的蛐蛐，田野裡的蟋蟀，柳樹上的天牛，夜晚的螢火蟲……

那時的天空是那麼藍，那麼清澈。夜空也是深邃的藍，繁星點點，無比璀璨，閃爍著寶石般的光芒。四周寂靜，偶有蟲鳴，祥和共生。空曠的操場，一老一小，星空下散步，聽經年的故事，如泉水輕流……

別林斯基說：「一切真正的和偉大的東西，都是純樸而謙遜的。」童年的回憶不僅是純樸而謙遜的，更是完美的，不管是快樂還是憂傷。

今是寒冬，白楊零落，教舍已不復存在，小石子已無處可尋。我牽掛的外公，年過耄耋，步履蹣跚，他濁濁的眼眸，偶爾閃爍著光，大概也和我一樣吧，想起那一方天地時，擁有無限的甜蜜，甜蜜的哀傷。

寒燈獨夜人

窗外，飄起淅淅瀝瀝的雨。

我推開房門，看到雨中那棵銀杏樹，枝頭稀稀落落的葉，我知道，它躲不過今晚的風雨了。

是西風無情嗎？還是宿命呢？也許明天留給我的只有光禿禿的枝幹，至此，一夜之間，它完成了又一季的輪迴。

我不喜歡春天的喧鬧，卻在這個夜晚那麼強烈地期盼著喧鬧的春天來臨。「獨坐悲雙鬢，空堂欲二更。雨中山果落，燈下草蟲鳴。」此刻，沒有山果和草蟲，只有窗外的雨聲和燈下獨坐的我。

外婆，您好嗎？

前段時間您走路摔倒，導致腿骨粉碎性骨折。年過九十歲的老人，不能手術，無法治療，接受醫生建議，臥床靜養，自己康復。我不知每天您要忍受怎樣的疼痛，只知道您不允許任何人觸碰，否則您就大哭，只喊「疼，疼……」回去看您的時候，一天的時間，您沒說什麼話，問什麼，只是搖頭。

外婆，您是多麼愛笑啊！每次見到我，您總是開心地笑著，和外公一起，向我問東問西，有說不完的話。可是現在您似乎不會說話了，大概只是疼吧，只是難過吧，只是看到我，您又想起外公了吧，想起我們三人在一起的往日了吧！誰能夠永遠地陪伴著誰呢？一年前外公已長眠於南園，那片我們曾經耕耘過，種植過糧食和蔬菜的南園，只有那片土地，永遠地陪伴著外公了。

您和外公給予我的何其多，是我生命中多麼重要的人！而我又能回報些什麼？多少次想請長假，回去照顧您和外公，多少次想放棄工作，陪伴著您和外公一起生活，多少次……我終歸是為現實低頭的人。想起龍應台的陪伴，那是一種令人肅然起敬的氣魄——從臺北回到鄉村，陪伴93歲的母親。她母親身患失智症，已認不得她，但她用最深情的陪伴，回報著母親——呼喚著母親的名字，依偎在母親的懷裡給她讀報，推著母親晒太陽，和母親聊天講故事，雖然母親聽不懂，但她確信母親可以感受到她的氣息和溫暖。今天，我們不再為物質生活發愁，此生唯一能給的，只有陪伴。

外婆，於您最好的回報是陪伴，而我卻給不了。您茫然的眼神，因疼痛而落下的淚，牽扯著我痛的神經。

窗外，飄著淅淅瀝瀝的雨。

此刻，窗外的世界，千里之外您的世界，孤燈下，您是不是聽到了落葉的飄零……

此刻，窗內的世界，咫尺之間我的世界，孤燈下，我確乎聽到了銀杏葉的飄零……

「落葉他鄉樹，寒燈獨夜人。」此刻，您和我皆是那個寒燈下的不眠人。外婆，我想您了。

我不喜歡春天的喧鬧，卻在這個夜晚那麼強烈地期盼著喧鬧的春天來臨。

別

2018年1月28日，大雪。高速封路，列車無法直達，輾轉從合肥到徐州，再轉乘回碭山。迎著漫天大雪，回家的路從來沒有這樣遙遠和艱難。

和您聚少離多，每一次短暫的相見，我不敢說再見。壓抑的情感會像潮水般湧來，一說我要走了，您像一個無助的孩子，扯著嘴角委屈地流淚，只能流淚，無法言語。

對我的依賴和不捨，就像小時候我對您的依賴和不捨一樣。

童年的時光植根在心底。那一方院落，一塊田園，一條小路，兩排梧桐，記憶中依然閃爍在腦海。迎著晨曦，您帶我晨練；伴著落日，您牽我散步，我們的影子被夕陽拉得很長很長……院落的花園裡，春夏季節花團錦簇，牽牛花、夜來香、雞冠花、指甲桃……雖不名貴，但花開時節，群芳鬥豔，芳香滿園。寂寞的小院，兩個老人，一個我，因這一園的繁花而生氣無限，幸福滿懷呢！

通往南園的那條小路，我們不知走過多少遍，那塊田地是我們的世外桃源。幾排蘋果樹，蔥綠的莊稼，地頭開闢一塊菜園，四季有可吃的蔬菜。我和外公、外婆一道除草、摘菜。土地不算肥沃，但蔬菜新鮮，在那個貧瘠的年代，豆角、茄子、韭菜、番茄、南瓜給我們的生活帶來無限的快樂和美好。

我第一次讀到的連環畫，第一次看到的《紅樓夢》人物插圖，第一次穿上的保暖衣，第一次圍上的粉色絲巾，第一次吃到的美味零食，第一次蕩的鞦韆，第一次玩的沙包、跳繩、皮筋……別人家孩子有的、沒有的，那個年代您省吃儉用，總會帶給我驚喜。

在村後的池塘捉過小蝦，在清清的河邊釣過青魚，用長長的竹竿挑過蟬衣……還有那段跟隨您在學校度過的日子，操場、教室、白楊、石子……陽光總是明晃晃地照在身上，童年的記憶和您緊緊連繫在一起，只要開啟，鋪天蓋地。

後來，您買來了一臺留聲機，小院經常流淌出重複的唱詞，《朝陽溝》、《穆桂英掛帥》、《花木蘭》……薄薄的一張唱片，竟然如此神奇！聽得多了，還能跟著哼唱，覺得曲調極美！至今所能記得的戲曲都是那臺留聲機所賜予的。

多少個夜晚數著星星聽您講故事，或者在草叢間逮蛐蛐，多少次出門您牽著我的手，多少歡樂逗趣的時光。歲月無情，催您老去，從花甲到耄耋。

還記得上一次見到您是在八月的暑假，您躺臥在床，只能扶起坐立。我給您洗臉洗手，修剪指甲，剝開香蕉喂您吃。歲月竟讓您變成這般光景！生活完全不能自理了。

坐在旁邊的外婆像一個不諳世事的孩童，依然含笑開心地看著我，聲音一貫慢慢悠悠，喚著我的名……

親愛的外公外婆！我淚婆娑。

今天再一次看到您，您雙眼緊閉；再一次牽您的手，我呼喊著，您不再回答我，傳遞給我的只有刺骨的涼……刺骨的涼……

無盡的悲傷將我淹沒！我親愛的外公去了，從此陰陽兩隔。

當生命的時針指向死亡，這樣的時刻誰又能奈何？

外公，您留給我的暖，我會好好珍藏。您一生的淡泊無爭、心澈如水亦留給我。

永別了，我的外公。

別

電子書購買　　爽讀 APP

國家圖書館出版品預行編目資料

愛在天地間：大地的深情寫滿人間，默言秋詩歌散文合集 / 默言秋 著 . -- 第一版 . -- 臺北市：崧燁文化事業有限公司 , 2024.05
面；　公分
POD 版
ISBN 978-626-394-301-8(平裝)
848.7　　113006541

愛在天地間：大地的深情寫滿人間，默言秋詩歌散文合集

臉書

作　　者：默言秋
發 行 人：黃振庭
出 版 者：崧燁文化事業有限公司
發 行 者：崧燁文化事業有限公司

E-mail：sonbookservice@gmail.com
粉 絲 頁：https://www.facebook.com/sonbookss/
網　　址：https://sonbook.net/
地　　址：台北市中正區重慶南路一段 61 號 8 樓
8F., No.61, Sec. 1, Chongqing S. Rd., Zhongzheng Dist., Taipei City 100, Taiwan
電　　話：(02) 2370-3310　　**傳　　真**：(02) 2388-1990

印　　刷：京峯數位服務有限公司
律師顧問：廣華律師事務所 張珮琦律師

定　　價：350 元
發行日期：2024 年 05 月第一版
◎本書以 POD 印製
Design Assets from Freepik.com